かさなりあう人へ

白石一文

祥伝社

かさなりあう人へ

装画　深津千鶴
『あなたの手になる』
装幀　大久保伸子

1

店の前に自転車を駐めて鍵を掛け、曲げた腰を伸ばして入口に目を向けた瞬間、

「あなた」

という鋭い声が俺に向かって飛んできた。

声の方へと目をやると、出入りする客でごったがえしている西友《せいゆう》の正面入口、右側ガラスドアの手前で女がこちらを睨《にら》みつけるようにしていた。

そのドアはいつも締切られていて、駐輪スペースとのあいだにわずかな空間があるのだ。

「あなた」

目が合うと、彼女はもう一度呼んだ。

隣には、黒いジャンパー姿の背の高い中年男が、彼女に寄り添うように立っている。

俺は女の方へと近づいていった。どうして？　という思いは強かったが、何となく状況が察せられたので表情を変えずに歩く。

「あなたのせいで万引きと間違えられてるの。あなたが三日も帰って来ないから」

俺の顔を見据えると、女が有無を言わせぬ語調で口走る。

「うちの主人です」

そして、勝ち誇ったような表情になって隣の背の高い男に言った。

男は面食らったような顔をしていた。

「あのお、うちの妻が万引きというのはどういうことでしょうか？」

「この方が悪いんじゃないの」

俺に向かって女がぴしゃりと言った。

「全部、行方《ゆくえ》知れずのあなたのせいよ」

「それは申し訳ありませんでした」

込み入った事情は不分明《ふぶんめい》だが、俺はことさら丁寧に男に頭を下げる。

「うちの妻が、どうやら誤解をさせるような行動を取ったようで……」

そこで、女が長いコートのポケットからケチャップの入った袋を取り出し、

「これ、レジで精算してきます」

と言う。

堂に入った演技だと、俺は感心する。

「こちらこそ、そういうことだとは分からずに……。ただ、どんな理由にしろ商品を店から持ち出してしまえば、こういうふうにお声を掛けさせて貰《もら》わざるを得ないですから」

幾《いく》らか不本意の趣《おもむき》だが、彼はばつが悪そうにしていた。

万引きと確信して声を掛けた客が、「三日も帰ってこない夫を見つけて、手にした商品を持

ったままつい店外に飛び出してしまった」と無理な言い訳を口にして、そんなはずもなかろうと呆《あき》れていたら、本当に当の夫が出現して泡を食ったというところか。

——こいつら、グルなのか？

一瞬、疑ってはみたものの、盗んだのがケチャップ一本となると、わざわざグルになって万引きを仕掛けるとも想像しがたく、彼は、ここは手仕舞いするしかないと諦めをつけたのに違いなかった。

「いえ、いくら咄嗟《とっさ》のこととはいえ、わたしが悪いんです」

女はさきほどの俺以上に深々と頭を下げる。そして、姿勢を正し、

「じゃあ、あなたもレジまで一緒に来て」

強い調子で命ずると、

「本当に失礼いたしました」

もう一度、男に会釈をくれ、俺を目で促すようにして店の中へと入っていったのだった。こうなったら一緒についていくほかなかった。

空いていたセルフレジで手にしていたケチャップの代金を支払う。二百六十八円。俺の方はその様子を眺めながらも周囲をさりげなく見渡す。さきほどの万引きGメンがまだ近くにいるのでは、と警戒してしまう。

彼らは警備会社の社員で、万引き犯を摘発して警察に通報するために派遣された特殊技能者だ。西友のような大手のチェーンストアでは各店に何人かの万引きGメンを配置して万引き対

策を行なっているのだろう。

防犯カメラがどれだけ普及しても、実際に万引き犯を捕《つか》まえるには彼らのようなプロの手が絶対に必要だ。現場では、結局、プロの目視が万引き犯摘発の決め手になる。防犯カメラをいちいち検証している余裕などない。

昔、週刊誌の契約記者だったときに万引きGメンの取材を何度かやったことがあるから、その辺の事情には俺はちょっと詳しかった。

支払いを済ませると、彼女はケチャップをベージュ色のコートのポケットにしまう。

「これ、この前テレビでやったばかりだからずっと欠品だったの」

ポケットの上から手を当てて、よく分からないことを言う。

「テレビ？」

訊《き》き返すと、

「テレビ番組で西友の人気商品ベストテンみたいなのをやっていてランクインしてたのよ。つぶつぶの刻み野菜が入ったケチャップで、ご飯にこれを混ぜて炒《いた》めたらそのままケチャップライスが作れるわけ」

「へー」

一昨日《おととい》はあれほどそっけない態度だった女が、今日は、やけに馴《な》れ馴れしかった。

それにしても窮地を救ってやったというのに礼一つ言わないのは不思議だ。俺が瞬時の判断で夫のふりをしていなければ、彼女は今頃、事務室であの警備員と店の売り場責任者の二人にたっぷり油を絞られているはずだった。

「じゃあ、行きましょうか？」

まるで旧知の仲のように女が言う。

「行くって？」

思わず問い返す。

「一昨日、あなた言っていたでしょう。食事でもどうですか？　って」

「え」

「さきほどは本当にありがとうございました。たいへんなところを助けていただいて。だから今日はわたしがご馳走させていただきます」

そこで、彼女は険《けわ》しかった表情を初めて緩め、俺に向かって丁寧に頭を下げてきたのだった。

2

買い物は後回しにして彼女と食事に行くことにする。

西友には今日の夕食用の弁当を買いに来ただけだった。

時刻は午後三時。

いまから食べるのであれば、晩飯は抜いたって構わない。正月三が日、毎日大酒を飲んで、大晦日《おおみそか》に買い溜《だ》めした食品をたらふく食らっていた。どうせ二キロか三キロは太っているに決まっている。仕事始めの今日からは当分、一日一食で通そうと考えていたのだ。

一昨年、五十代に入った途端に自在に痩《や》せられなくなった。

それまでは少々体重が増えても、数日間、ランニングをするか三食を二食に減らすだけで元通りになったのが、そうは問屋が卸さなくなったのだ。

この二年で会得したのは、一キロ痩せるには一日一食を一週間続ければいいということだった。二キロなら二週間、三キロなら三週間。そうすればきっちりと元の体重に戻すことができる。

一週間、食事を一日一度にするのはやってやれないことではないが、結構つらい。まして三週間だとはなはだ苦しい。だが、それくらいしないと痩せられない身体になってしまったのである。

「お店は、わたしが決めていいですか?」

女に言われて俺は頷《うなず》く。

一昨日、イトーヨーカドー六階の寝具売り場で彼女に声を掛けたときは、大井《おおい》一丁目の居酒屋に連れて行くつもりだった。そこは年季の入った居酒屋で年末年始も休まず営業している。去年も一人で正月二日に出掛けたことがあったので、誘うには手頃な店だったのだ。

今日は四日だから、この大井町駅近辺の店もたいがい営業を始めているだろう。

女は店内のエスカレーターで二階に上がると、西友の入っている「きゅりあん」(品川《しながわ》区立総合区民会館）を出て、「アトレ大井町」（JR大井町駅ビル）の方へと向かう。「きゅりあん」と「アトレ大井町」は二階がペデストリアンデッキで繋《つな》がっていた。

アトレの中のレストランにでも案内するのかと思いつつ隣を歩いていると、女は改札前の通路をさっさと通り過ぎ、エスカレーターで一階に降りてしまった。

駅を出てすぐの横断歩道を渡り、目の前に建っている「阪急《はんきゅう》大井町ガーデン」へと向かう。「大井町ガーデン」はかつては阪急デパートだった建物が、ホテルやクリニック、飲食店や各種物販店が入る複合ビルに衣替えしたものだった。一階は「大井食品館」というデパ地下のようなフロアになっていて、そこだけがデパートの名残をとどめている。

戸越銀座《とごしぎんざ》住まいの俺も、仕事先にお遣《つか》い物をするときなどは、この「大井食品館」で適当な品をみつくろうことが多かった。

女は食品館の右にある屋外用エスカレーターに乗った。ステップを一段空けて俺も後に続く。

三階で降りて、右にある「アワーズイン阪急」のフロントの方へと彼女は歩みを進めた。このホテルの入口横には大きな「デニーズ」が入っている。一度も来たことはなかったが、一階からでも店の全面ガラス窓が見えるので存在は知っている。

どうやら「デニーズ」で何か食わせてくれるつもりらしい。

ガラス張りの店の入口の前で彼女は立ち止まり俺の方へと振り返った。

「まだお正月休みの人もいるし、結構混み合っていると思いますが、コロナ、大丈夫ですか？」

真剣な表情で訊いてくる。

コロナ、大丈夫？　の意味がよく分からない。

「わたしは八月に感染しました。あなたは？」

なんだ、そういうことかとようやく理解した。

「全然大丈夫、俺は罹《かか》んないから」

と答える。

「じゃあ、行きましょう」

女は何も問い返してはこず、あっさり店のドアを開けた。

自動受付機で順番待ちをする。すでに待合スペースに三組の客がいたが、四組目の俺たちも五分も待たずに席に案内された。

両側にテーブル席が並ぶ細長い通路を直進すると広いスペースに出た。左右すべてがガラス窓で、新年の明るい日射しが差し込んでいる。大きなテーブル席や二人掛けの席が多数配置されて、その八割方は埋まっていた。

ほぼ満席といった状態だが、それぞれの席には距離があり、ファミレスはもとからセミクローズド仕様とあって感染対策にはうってつけの店舗だ。

まあ、俺はこれまで感染の心配はしたことがないし、彼女もすでに罹っているのならば免疫がついているだろう。

一番奥の四人掛けの席に腰を落ち着けた。

「九日まではランチメニューはやっていないので、グランドメニューからお選び下さい。注文はタブレットでお願いします」

そう言ってタブレットを俺の目の前に置くと、案内してくれた若いウエイトレスが席を離れていった。

向かいの女は何も言わず、マスクを外して、テーブルの隅に立てかけられている分厚いメニューを手に取る。その仕草が手慣れた感じで、

「ここ、よく来るんですか？」

俺もマスクを取ってポケットにしまいつつ訊いてみた。

「ええ。外食するときは大体ここです。と言っても滅多にしませんが……」

メニューを広げながら、彼女が答える。

「俺もファミレスはよく使います」

これは事実だった。

四年前、博多《はかた》から東京に舞い戻ってきた。美食の街として知られる博多と比べれば都内の店は値段が馬鹿高いわりに味はそこそこだった。お寒い懐《ふところ》事情も手伝って、食べ歩きのたぐいにはさっさと見切りをつけ、そこからはもっぱらファミレスを愛用している。

よく使うのは大森《おおもり》や目黒《めぐろ》のロイヤルホスト、武蔵《むさし》小山《こやま》のジョナサン。デニーズだったら大崎《おおさき》駅そばのシンクパーク店にときどき行っている。

「何でも好きなものを注文して下さい。さきほどの御礼ですから」

メニューのページをめくりながら女が言う。

「野々宮《ののみや》さん、ですよね」

俺が名前を呼ぶと顔を上げた。

ヨーカドーの寝具売り場で働いているときは制服姿で、胸には「野々宮」の名札を付けていたのだ。

「俺、ハコネっていいます。ハコネ・イサム。ハコネは箱根《はこね》駅伝の箱根で、イサムは新選組《しんせんぐみ》の近藤勇の勇です」

近藤勇は本当は「イサミ」なんだよな、と思いながら俺は自己紹介した。

「野々宮シノです。シノは池波《いけなみ》志乃《しの》の志乃です」

そう言ってから、

「池波志乃って分かります？　俳優の中尾《なかお》彬《あきら》の奥さん」

と付け加える。

「もちろん分かります」

俺は頷いてみせた。

野々宮志乃はそれには別段反応を見せず、

「わたし、これにします」

と不意に言う。

手にしていたグランドメニューではなく、テーブルに置かれた別刷りの「年末年始だけの特別メニュー」の方を指さす。

「このミートローフのオーブン焼きのセット」

俺は手元のタブレットで特別メニューのページを開いた。

十二月二十四日から一月九日までの期間限定の特別メニューは、「ミートローフのオーブン焼き～トリュフソース」、「ウルグアイ産サーロインステーキ」、「ＧＲＩＬＬブラザーズ」というハンバーグ、チキン、ステーキの鉄板焼きの三種だった。どれも単品だと千五百円程度。プラス三百五十円でセットサラダ、ライスかパン、ドリンクバーをつけることができるらしい。

「じゃあ、俺もそれにします。俺は単品で、その代わりにワインを一杯頼んでいいですか？」

野々宮志乃が頷く。

「野々宮さん、パンとご飯はどっちですか？」

「ご飯で」

そこを確かめると、タブレットでミートローフ二人前とサラダとライス、ドリンクバーのセット、赤のグラスワインを注文する。ワインは一杯二百六十円だった。

タブレットを元の位置に戻す。彼女も手元のメニューをテーブルの隅に戻した。

さっそく彼女が席を立ち、ドリンクバーでコーヒーを選んで帰ってきた。

しばらく気まずい沈黙が二人の間に流れる。

それはそうだろう。ついさっき万引きで捕まりそうになっていた女を助け、その女と一緒にこうして食事の席についたのだ。俺にしろ彼女にしろ何から話していいか分からないのは当然だった。

「なんであんなことしたんですか?」

コーヒーを一口すすった彼女がカップをテーブルに置くと、俺の顔を見据えてくる。

「あんなこと?」

ちょっと待てよ。それって、いまは間違いなく俺が口にすべきセリフだろう。

「一昨日のことです」

しかし、野々宮志乃はきっぱりとそう言った。

「それは……」

俺の方が妙にドギマギしてしまう。

「あのとき言った通りですよ。野々宮さんと一緒にご飯を食べたかったんですよ」

一昨日、俺はイトーヨーカドー六階の寝具売り場に出向き、支払いカウンターの奥にいる彼女を見つけると、客がいないのを確かめてカウンターに近づき、

「この前はどうも」

と声を掛けたのだった。

暮れの三十日に奇妙な相談をし、その勧めで毛布を一枚購入した男性客のことは確実に彼女の記憶に残っているはずだった。

「ああ、あけましておめでとうございます」

案の定、彼女も型通りの挨拶を返してきた。

「おめでとうございます」

俺も調子を合わせ、

「三日前に買った毛布、すごくいいです。おかげでぐっすり眠れるようになりました」

と言った。

智子《ともこ》と別れて以来、不眠症とは六年越しの付き合いだったが、ここ一ヵ月ばかりは夜中にほとんど眠れなくなっていた。二年前の冬、やはり似たような経験があって、そのときのことを想起して俺は年末の三十日、大井町のヨーカドーに毛布を買いに出掛けたのだった。二年前も毛布を新調すると急に眠れるようになったのである。

寝具売り場に行ってみると沢山の種類の毛布が陳列され、どれを選べばいいか見当もつかない。そこで声を掛けた店員が、この野々宮志乃だった。

志乃は丁寧に応対してくれ、「不眠症とは関係ないんですが、寒がりのくせに汗っかきなんで、あったかくて、でも通気性に優れているやつがありがたいんです」と要望すると、何種類もの毛布のそれぞれの特質を細かくチェックしてくれた。そのうえで、新素材を使った薄めの一枚を選び出してくれたのだ。

「これだとちょっとペラペラ過ぎませんか？」

俺が疑問を呈すると、

「軽いですが、でも、保温力は普通のウールの毛布よりもあると思いますよ」

そう言えば、あのときも野々宮志乃は実にきっぱりと断言した。

本当は、その場で食事に誘いたいと思った。だが、それはさすがに不躾《ぶしつけ》と思い直し、次の機会を窺《うかが》うことにしたのだ。

「どうしてですか？」

一連の流れをつらつら振り返っていると、志乃がさらに訊いてくる。

「どうして？」

「だから、どうしてわたしとご飯を食べたかったんですか？」

ちょうどそこへワインが運ばれてきた。

グラスを持ち上げ、「いただきます」と言って一口飲む。

渋みが薄《うっす》ら舌に残る。白にしとけばよかった、と思う。

それでもワインをすすったことで元気がつく。

「そりゃ、野々宮さんが僕のタイプだからですよ。最初に見たときからきれいな人だなあ、いいなあと思っていたんです」

こう返しても野々宮志乃の表情はさして変わらない。じっと俺を見つめていた。

「ほかには？」

またもや予想もしないセリフがその口から飛び出した。

「ほかには、ですか？」

志乃は相変わらず無表情だ。

ひょっとして俺をからかっているのだろうか？

「うーん。指輪もしてないし、だったら誘ってもいいかなって」

適当なことを言ってみる。

「指輪をしていたら声は掛けないんですか？」

「そりゃそうでしょう。旦那さんがいる人だと面倒なことになりますからね」

「そういうものですか……」

そこで、志乃はなぜか納得したような雰囲気を見せる。

その反応もまた意外ではあった。

「すこぶるヘンな男と思われたでしょうが、何て言うんだろう、最近は自分のやりたいようにやろうと決めているんです。したいことは、手前勝手に諦めないで、とりあえずチャレンジしてみるっていうか。まあ、それこそ野々宮さんからすれば手前勝手過ぎる言い草なんでしょうが」

一昨日は夕方を狙《ねら》って足を運び、

「まだ仕事ですか？　よかったらこれから俺と一緒に食事でもどうですか？」

単刀直入に誘ったのだった。

志乃は一瞬だけ驚いた顔つきを作り、

「お客様、そういうのは困ります。これ以上おっしゃるとフロアの主任さんを呼ばなくてはいけなくなります」

あのときもぴしゃりと断ってきたのだ。

「すみません。お気を悪くされたのであれば謝ります。失礼しました」

俺は、すごすごと引き下がるしかなかったのである。

志乃は俺の言い訳めいた説明にはさほど興味はなさそうに見える。

いまは自分の左手の薬指のあたりを見ている。

そこへちょうどウエイトレスが料理を運んできた。

3

「病気かなにかなんですか?」

黙々とナイフとフォークを動かしていた志乃が、また急な感じで言った。

「病気? 誰がですか?」

何のことか分からない。

「箱根さんです」

初めて名前で呼ばれた。

「俺がですか?」

持っていたナイフとフォークを皿に戻して俺は紙ナプキンで口を拭《ぬぐ》う。

パイ包みのミートローフは思った以上に美味《うま》かった。

「いや、不眠症と言ってもたいしたことはないんです。昼間はちゃんと眠れますし、仕事も朝からどうしても動かなきゃいけないってものでもないんで」

と答える。

ここひと月の不眠症悪化の原因ははっきりしている。

サッカーワールドカップ・カタール大会のせいだった。午前四時キックオフの試合もほぼすべてコンプリートした結果、すっかり睡眠のリズムを崩してしまったのだ。

全試合生中継を実現させたABEMAにどっぷり浸《つ》かったのが失敗だった。ゲームのみならず本田圭佑《ほんだけいすけ》の解説も面白過ぎた。

「そっちじゃありません」

志乃が呆れたような顔をする。

「じゃあ、どっちですか？」

さすがに俺も、その物言いにカチンとくる。さっきから一体何なんだ。

「だって、箱根さん、さっき言ったでしょう。最近は自分のやりたいようにやろうと決めているんだって」

「はい」

「だから、もしかしたら重い病気とか抱えているのかなあ、って」

「はあ」

ようやく彼女が何を言っているのか了解する。

俺ががんかなにかで余命幾ばくもなくなっているから、あんなふうに無謀なナンパを仕掛けたのだと彼女は想像しているわけだ。

「いや、そんなんじゃないです。俺、今年の五月で五十二なんですけど、五十歳になったとき、もういいやって思ったんです。もう思い切り好きにやらかそうって。ただそれだけなんです」

「そうですか。じゃあ、いつもあんなふうにいろんな女の人に声を掛けまくってるんですね」

「まあ、そうですね」

「だけど、それで歩留まりってあるんですか?」

「いやあ、残念ながらほとんど失敗します」

「ほんとですか?」

志乃が疑わしそうな目で俺を見る。

「まあまあほんとです」

「まあまあのほんとなんてあるんですね」

そう言うと野々宮志乃は、再びミートローフにナイフとフォークを向けた。

俺は置いてけぼりを食った気分だったが、まあ、いいかと気持ちを切り替えて、自分も食事を片づけることに専念する。

そりゃ、「まあまあのほんと」というのだってあるだろう。嘘とほんとのあいだにはいろいろな種類の嘘とほんとがあるに違いない。「まあまあの嘘」だってきっとある。

「ワインもう一杯飲みますか？」

先に皿の中身を片づけた彼女が訊いてくる。

「いや、もういいです」

「そうですか」

彼女は立ち上がった。ドリンクバーで二杯目の飲み物を調達してくるのだろう。

しばらくしてカップを二つ持って戻ってきた。

一つを俺の前に置く。

「コーヒー、よかったらどうぞ」

「いいんですか？」

彼女の前にもある新しいカップを見ながら言った。

「もちろん」

すました顔で言い、

「気になりますか？」

少し身を乗り出すようにして訊いてくる。

「まあ、ちょっとは」

「箱根さん、ヘンですね」

彼女は今日初めての小さな笑みを目元に浮かべている。

「何がですか？」

「だって、最近はやりたいようにやるって決めているんでしょう？」

「それとこれとはちょっと違うでしょう」

俺はそう言って、カップのコーヒーを飲む。ワインよりずっとマシな味がした。

「そうですか？」

「はい」

「一人分のドリンクバーを二人で飲んだっていいじゃないですか。わたしが二杯飲んだと思えばいいんですから」

「そりゃそうだけど」

「箱根さんだって、こういうときいつもそう思っていたんじゃないですか？　そう思いながらも渋々《しぶしぶ》自分の分のドリンクバーも頼んでいたんじゃないですか？」

「まあ、そうですね」

「だったら、まず、そういうのからやめればいいじゃないですか。自分のやりたいようにやると決めたんだったら」

さきほど万引き現場を押さえられそうになった女に何でこんなふうに説教されなきゃいけないんだ、と思う。

だが一方で、万引きGメン相手に一か八かの演技をやらかし、見事に危機を脱してみせた彼女の度胸に鑑《かんが》みれば、その程度のセリフは至極《しごく》真っ当なものであるような気もした。

4

店の前で野々宮志乃と別れて、俺は自転車を置きっぱにしてある西友へと戻った。志乃が、このあとどうするのかは聞いていない。

時刻は四時半を回ったところだ。

今日の彼女は恐らく非番だったのだろう。それとも半休を取ったのかもしれない。どちらにしろイトーヨーカドーは元日から営業していたので、数日遅れの正月休みを交代で取れるようになっているはずだ。

ヨーカドーのスタッフなら社割も利くだろうから、たいがいの買い物は自店で済ますことができる。だとすると彼女がライバル店に顔を出した理由は、やはり、あの刻み野菜入りの特製ケチャップを手に入れるためだったのか？

それにしても、三百円足らずのケチャップをわざわざ万引きする必要があるとも思えない。スーパー勤務なら万引きのリスクは充分に承知しているだろうし、そもそも、すぐそばのヨーカドーの店員だと知れた時点で勤務先に通報され、一発でクビになる。彼女はすこぶる危ない橋を渡ったのだ。

そのスリルがたまらないのか？

だとすると、万引きの常習者ということになるが、俺が週刊誌時代に幾度か取材して仕入れた知識だと、常習の万引き犯はあんなものをコートのポケットに忍ばせて立ち去るような真似《まね》はしない。彼らは大量の品物をあの手この手で隠し持つか、ないしは白昼堂々と扇風機や電子レンジを小脇に抱えて平気な顔で店を出るのだ。

志乃の場合、他に買い物袋を持っていたわけでもなかった。小さなハンドバッグが一つ。となると狙ったのはあのケチャップ一本だけ。

常習というよりは一度きりの衝動的な犯行、ないしはまだ初心者という線が濃い。

どのみち二度と彼女と話すことはないだろう。ヨーカドーの寝具売り場に行けば顔くらいは見られるが、もう声を掛けようとは思わない。そんなことをすれば、彼女は躊躇《ちゅうちょ》なくフロア主任を呼ぶに違いない。

一時間半ほど一緒にいて、そういう女だというのはよく分かった。

むろん別れ際に連絡先を交換するようなこともなかった。俺も求めなかったし、彼女に至ってはその発想すらなかったろう。

どうして食事になど誘ったのか？

いまになるとそれが一番の謎だった。万引きの現場に巻き込まざるを得なかった俺に対して余計な告げ口をさせぬよう因果を含めたかったのか？　それ以前に俺という人間の品定めをとりあえずしておきたかったのか？

どちらでもあるような気もするし、どちらでもないような気もした。

だが、面と向かって話してみて、俺は志乃はいい女だと尚更に感じた。

引っ詰め髪にほぼすっぴん。身なりも野暮ったく、着ているロングコートはすこぶるイケていなかった。だが、それでもマスクを外した彼女は予想以上に美しかった。

美人には二種類ある。我が美貌を誇示しようとせっせと顔や身体を磨き続ける女と、持って生まれた容姿のせいで若い頃から男の視線を集め、それが億劫《おっくう》でわざわざきれいにみせないように努力する女だ。

俺の長年の見立てでは前者が五分の四、後者が五分の一。

俺の好みはもちろん五分の一の方だ。そういう隠れ美人を〝発掘〟するのが若い頃からの趣味だったし、得意技でもあった。

志乃はそんな隠れ美人のなかでもピカイチだ、と俺はヨーカドーの寝具売り場で一目見た瞬間に見抜いたのだ。

その直感が大当たりだったことを、さきほどの食事で改めて確認した。

歩みを速めてアトレ経由でさゆりあんに戻る。来るときと逆のコースだった。食後三十分以内に軽い運動をするのがダイエットには有効なのだ。

当分は一日一食なので明日の食材を西友で買う必要はなかったが、せっかくだから酒の補充をしておこう。年末年始でビールの在庫が底をつきかけている。

西友のビール売り場でスーパードライの生ジョッキ缶を十二本買った。

去年の秋にロング缶が発売され、試しに買ってみたところ当たりだった。いまではビールはこの生ジョッキ缶と決めていた。

ただ、玉に瑕《きず》なのは、このジョッキ缶には他のビールにあるような六缶パックや段ボールケース売りがないことだ。そのせいでネットでの注文も不可なので、酒屋の配達がすっかり影をひそめた昨今、車や自転車のときにこうして忘れずに補充しておく必要があるのだった。

俺は発泡酒や第三のビールは飲まない。二年前にそう決めて、以来、一度も飲んだことはない。

俺の「やりたいようにやる」ってのは、まあ、その程度なので、さきほど野々宮志乃にあんなふうにからかわれても仕方がない側面はあった。

自転車の前籠《かご》に十二本のロング缶を詰め込んだレジ袋を押し込むと、俺はいつの間にか日が傾き始めた街へとペダルを漕ぎ出す。

大井町の商店街を「品川区役所前」交差点方面へと向かう。

ふだんこの道はいつも混雑しているのだが、さすがに正月四日とあって閑散としている。風も冷たくはなく、気分良く自転車を走らせながら、そういえば二年前にどうして不眠症が悪化したのかをつらつらと思い返してみる。

急に眠れなくなったのは、東京に来て三年目に入る二〇二一年（令和三年）の二月。コロナのせいでオリンピックが延期になって半年が過ぎ、一時は一段落したかに見えた感染者数が再び増え始めていた時期だった。

コロナにいい加減うんざりしていたというのもある。

だが、一番の原因は、長谷川《はせがわ》が突然、戸越銀座の事務所を訪ねてきて元妻の智子と付き合っていると告白したことだった。

「いつからだ？」

俺は真っ先にそう訊き、

「智奈美《ちなみ》は知っているのか？」

返事を待たずに、もう一つ訊いた。

付き合いが始まったのは去年で、娘の智奈美はもちろん了解していると長谷川は言った。

「別にお前の許可が欲しくてわざわざ来たんじゃないよ。ただ、伝えるならちゃんと顔を見て伝えようと思ったんだ」

長谷川は強《こわ》ばった表情で言い、

「ゆくゆくは彼女と一緒になるつもりだ」

と口にした。

その告白を聞いた瞬間、

「じゃあ、俺は会社からもお払い箱ってことか？」

俺はそう言っていた。

「その逆だよ。俺が彼女と一緒になると知ったらお前がうちを辞めると言い出すに決まっているから、それを思いとどまって欲しくて今日は来たんだ。こういう言い方はお前には納得できないかもしれないが、仕事とプライベートは分けて考えて欲しい」

長谷川は社長の顔でそう言い、

「頼むよ、勇」

と頭を下げてきたのだった。

智子や一人娘の智奈美と別居したのが二〇一七年（平成二十九年）の秋で、それから一年半のあいだ復縁のための努力を重ねたが、結局、智子の離婚の意思は微動だにせず、二〇一九年（令和元年）の五月五日、奇《く》しくも俺の四十八歳の誕生日に正式な離婚が成立した。

そして、その年の九月、俺は、大学の同級生だった長谷川純志郎《じゅんしろう》と博多で起ち上げた小さなPR会社「ボックスリバー・プランニング」の持ち株をすべて長谷川に譲渡し、それで得た金で智子たちへの慰謝料と養育費を一括で支払うと、生まれ育った東京へと舞い戻ったのだった。

翌年にオリンピックを控え、〝日本一強〟の趣をますます強めつつある東京への進出はもとからの俺たちの夢でもあった。

「お前がまずは一人で行ってくれないか」

社長の長谷川に言われてすんなりOKした。一従業員の立場になった俺に転勤の辞令を拒む権利はなかったし、何より元妻や娘が住み続ける博多に未練はなかった。

長谷川が智子といつからできていたかは知らない。別居期間中、俺は俺で、彼女は彼女で懇意の長谷川にはあれこれ相談していた。長谷川も表向きは俺たち夫婦の関係を修復させるための努力を惜しまない様子だった。

だが、そのあいだのどこかで彼と智子とは語らって別の野心を育んだのかもしれない。

結果的には、俺は智子への慰謝料と養育費のために持ち株を売却し、長谷川は会社の唯一のオーナーになった。そして二年後、彼は、まんまと当の智子を手中におさめて俺に支払った金をそっくりそのまま回収したのである。

長谷川が元妻を寝取ったことで、あれこれ言うつもりはない。

あいつを責める資格などこれっぽっちもないことくらい、俺にだって重々分かってはいるのだ。

それでも、この出来事を境に一気に不眠症を悪化させたのは事実だ。

理由は別にある。

智子とできていると聞かされ、娘の智奈美もそれを受け入れていると知ったとき、俺は二人のことなどこれっぽっちも気にならなかったのだ。俺が何より感じたのは、これでねぐらも仕事も失うのか？　これからどうやって食っていけばいいんだ？　という手垢《てあか》がついていながらも余りにも痛切な不安だった。

要するに、俺は智子でもなく智奈美でもなく、長年の親友だった長谷川との破綻した友情関係でもなく、ただただ自身の身の上を案じてしまったのだった。

あと三ヵ月で五十の大台だった。

週刊誌の契約記者上がりで、地方の零細ＰＲ会社で働いた経験しかない自分が、このコロナ禍《か》の東京で簡単に次の仕事を見つけられるはずもなかった。

「じゃあ、俺は会社からもお払い箱ってことか？」

長谷川に向かってふと洩《も》らした一言は、俺の人間としての卑屈さ、いじましさ、そして身勝手さを如実に物語っていた。

そんな俺の卑屈さをとうの昔に見抜いていたに違いない長谷川の「とにかく、うちは辞めないでくれ。俺もコロナ後を見越して、東京絡みの案件がないかいま必死で営業を掛けている真っ最中だし、お前がいなくなったらうちはおしまいなんだ。頼むよ勇」という言葉に、あのときの俺は是非もなくすがりつくしかなかったのだ。

この些細《ささい》にも見えるが、実際には人生をも揺るがすに足る〝一瞬の迷い〟に、だから俺は徹底的に打ちのめされてしまった。

俺って人間は……。

ふとした拍子にあのときの自らの心境が脳裏によみがえり、羞恥と自己嫌悪で死にたくなってしまう。当然、どんなに疲れていてもうまく眠れなくなった。

そして、三ヵ月近く不眠に悩んだ末、俺は決心したのだ。

卑怯《ひきょう》でも卑屈でも臆病でもだらしなくても何でもいいじゃないか。そんな自分を思い切って受け入れよう。いや、その一線を軽く飛び越え、もっともっと身勝手で卑屈で臆病でだらしない、傍《はた》から見れば手の付けられないようなくだらない人間に成り下がってしまおう。適当で、いい加減で行き当たりばったりに生きていこう。

俺は会社も辞めなかったし、長谷川と智子や智奈美がその後どうなったかも一切穿鑿《せんさく》しなくなった。長谷川の言うとおり「仕事とプライベート」を完全に分離し、プライベートの方はきれいさっぱり忘れることにした。

それからは、野々宮志乃にそうしたように隠れ美人を見つけると平気で誘い、けんもほろろに撥《は》ね付けられても何ら頓着しなかった。飲みたくもない発泡酒や第三のビールには見向きもしなくなり、もとから人生の友と任じていた酒を人生の伴侶へと昇格させた。朝酒、昼酒もお構いなしと自らに許可した。

「ボックスリバー・プランニング東京支社」といっても、社員は俺一人。バイトの子さえ置いてはいない。支社を起ち上げたと思ったらあっと言う間にコロナの世界に迷い込み、去年の春に団子屋のプロジェクトが起ち上がるまでは仕事らしい仕事などなかった。その団子屋プロジェクトにしたって毎日あくせく都内を飛び回るようなものでもない。

相変わらず、飲もうと思えば朝から飲める日だってしょっちゅうあるのだ。

5

西友で買ってきた「つぶつぶ刻み野菜入りケチャップ」でオムライスを作る。

オムライスは幸《さち》の大好物だった。

自分の分は卵で包むのが面倒なので、ケチャップライスのまま食べることにする。

具は冷凍のエビを解凍して小さくカットしたものだけ。

普段は入れるタマネギもピーマンもマッシュルームもなし。味見をしてみると、なるほど評判通りに野菜の食感がある。これは便利だと感心するが、まあ、バターをたっぷり利かせるのが味の秘訣《ひけつ》ではあった。

幸はいつものようにコタツに足を深く入れ、座椅子に背を預けて「三岳《みたけ》」のお湯割りをうまそうに飲んでいる。

三が日をしっかり休んで、今日が幸の初出勤だった。

訪問介護を専門にしていた頃は、お盆も正月もそっちのけの勤務だったので、幸がこんなにのんびりとした正月を迎えられたのは久しぶりだ。すこぶる壮健とはいえ、彼女も今年の七月で七十三になる。いつまでも休みの少ない過酷なホームヘルパーの仕事を続けているわけにはいかなかっただろう。

そういう意味では、あんな悲惨な事件がきっかけとはいえ、いまの施設で働くようになったのは正解だったと思っていた。

年末に大量に作った里芋の煮っ転がし、これも大量に買って冷凍してあるマグロの刺身、それと板わさを肴《さかな》にして幸は愛用の大きな湯飲み茶碗で焼酎をすすっている。こっちは、夕食の支度で台所と居間とを行ったり来たりなので、酒を飲みながらの幸のおしゃべりには話半分で付き合うのが常だった。

「だけどさあ、モノを盗むのは全部おんななんだよね。あれ、不思議なもんだねえ」

例によっていま働いている介護付有料老人ホーム「サニーホーム大森東」の入居者たちの話をしていた幸が、不意に言った。

その一言に、オムライスの皿を幸の前に置こうとしていた手が一瞬止まる。

「はい、どうぞ」

慌《あわ》てたように置き、一緒に持っていたスプーンを皿の前に並べた。

何食わぬ顔で台所に引き返し、エビ入りケチャップライスを盛った自分の皿とスプーン、それに福神漬けの小鉢をお盆に載せて居間に戻る。普段通り、幸の向かいの席に腰を下ろした。

「こういうスプーンとかトイレットペーパーとか入居者の入れ歯とか、とにかく毎日、何かなくなっているんだよねー」

そう言って幸は右手のスプーンをかざしてみせる。

わたしは自分の皿を卓上に置き、さっそくケチャップライスに手をつける。今日は、デニーズでミートローフのセットを食べてきたので皿の量はいつもの半分。それ以上減らすと幸に怪しまれるので、これくらいは頑張って完食しなくてはならない。

幸の晩酌に普段はほとんど付き合わなかった。お酒は飲めるし、嫌いではないが、料理や後片づけ、そのあとの風呂の支度などを考えると余り飲む気にはなれない。

アルコールが入ると眠たくなってしまう体質、というのもあった。

「で、職員みんなで捜したらほぼ百パーセント、誰かの部屋で見つかるんだけど、その部屋の主は決まって女性なのよね。それって、何でなんだろうね」

「間違って持っていっちゃうんじゃないの？　盗むとかじゃなくて」

と返すと、

「いや、違う。わざと盗んでいるんだよ。今日だって入れ歯が一個見つからなくて散々捜し回ったら、ある入居者の部屋のゴミ箱に落ちていたんだけど、その人と、入れ歯をなくした人とは昨日、派手な口喧嘩《くちげんか》をしたばかりだったらしいよ。あとから入江《いりえ》さんに聞いたんだけどね」

入江さんというのは施設の同僚で、昨春から平和島《へいわじま》の「サニーホーム」で働くようになった幸が最初に親しくなった介護職員だ。年齢は六十そこそこ。幸より一回りほど若くて、結構上背のある元気潑剌《はつらつ》な女性だった。

一度、ここにも遊びに来たことがあるので、わたしも面識はある。

「それは特別なケースじゃないの？」

「そうじゃないよ。入れ歯を盗んだその人、普段からちょくちょくいろんなモノを盗んでるから。他にも、そういう盗癖のある入居者が何人かいるのよ。で、これが全員、女性ときてるわけよ」

「へぇー」

「やっぱり物欲はおんなの性《さが》なのかねえ」

なんだか今日の自分のことを言われているようで、さきほどからすこぶる居心地が悪い。

幸が介護の仕事を始めたのは六十になった年だった。それまで続けていた青果市場の食堂勤めを定年で辞めて、古い友人の紹介で臨時のホームヘルパーとして働き出したのだ。

龍一《りゅういち》が急逝する五年ほど前のことだった。

ずっと訪問介護を専門にしてきた幸にすれば、施設での仕事はまだ物珍しいらしく、こうして夜の晩酌のときは決まってその日に起きた入居者がらみの小さな事件や出来事を話してくれる。

わたしの方は、適当に相槌《あいづち》を打ちながら、幸の語る悲喜こもごものエピソードを耳におさめる。

去年の二月にあんな事件に巻き込まれ、それからしばらくは塞《ふさ》ぎ込んでいた幸だが、仕事を再開するとみるみる元気を取り戻していった。

幸は外向的な人だ。

最初は愚痴ばかりだった介護の仕事も、訪問先の要介護の人たちとの付き合いが濃くなるにつれてやりがいを口にするようになり、一年も経つとすっかり一人前のホームヘルパーになっていた。

彼女を介護の仕事へと誘ってくれた越水登美子《こしみずとみこ》さんは、この同じ「八潮《やしお》パークシティ」のご近所さんでもあるが、彼女も「野々宮さんみたいにあっと言う間に即戦力になってくれた人はめずらしい」とよく口にしている。

越水さんは、幸が所属する「あおぞら・介護ステーション品川第二」の所長さんでもあった。

幸はオムライスを美味《おい》しそうにぱくつきながら、今度は、カラオケの時間に入居者同士で勃発した事件を事細かに話し始めた。

男性入居者二人のマイクの取り合いが発端で、それはなんとかおさめたものの、続いての昼食時にカラオケに参加していた女性の一人が話を蒸し返して、マイクを放さなかった男性入居者のことをねちねちと責めだしたのだという。

するとと何人かの女性入居者が彼女に同調し、一緒になって悪口を言い始める。しばらくは我慢していた男性入居者も、とうとう堪忍袋の緒が切れたのか大声で言い返し始めて、騒ぎは一気にヒートアップしていったそうだ。彼は日頃から身勝手で乱暴な振る舞いが目立ち、多くの女性入居者に嫌われているのだという。

「で、大喧嘩になっちゃって、職員総出で仲裁に入ったんだけど、結局、その人が顔に怪我《けが》をしてしまったんだよ」

「顔に怪我?」

さすがにスプーンの手を止めて幸の顔を見る。

三杯目のお湯割りも飲み干し、例によって幸の頬《ほお》がほんのりと赤く染まっていた。幸は毎晩、「三岳」のお湯割りを三杯飲む。それ以上飲み過ごすことは決してない。

そういう意志の固さは、龍一とよく似ていた。

ただし、龍一には母親のような外向性はまるでなくて、そこは龍一が幼い頃に出て行った父親の血を引いたのだろうとわたしは思っていた。龍一自身も生前、

「俺の無口は父親譲りらしいよ。お袋が一度、そう洩らしたことがあった」

と言ったことがある。

「そうなのよ。別のおばあさんが爪でひっかいたの。ちょっと認知が入っていて、その人はそ

の人で乱暴癖があるのよ」

「じゃあ、怪我をしたその人っていうのは、男の人を責めてた女性じゃなくて、マイクを放さなかったわがままな男性入居者の方なんだ。しかもひっかいたのは彼女に同調して口喧嘩に割り込んできた別のおばあさんだったんだね」

「そういうこと。ごめんね、話がややこしくて」

幸がぺろっと舌を出してみせる。

そうした仕草と表情にはまだまだおんなの艶《つや》があった。

幸は見かけも若く、体型もすっきりしている。ことに介護の仕事を始めて体幹が鍛えられたせいか背筋が真っ直ぐに伸び、肩や腰も適度に張って、食堂勤めの頃よりむしろ若返った印象さえあるのだった。

顔立ちは整っている。死んだ龍一とよく似ていた。

彼も目鼻立ちのくっきりした二枚目だった。

わたしが龍一に惹《ひ》かれた大きな理由の一つが、その容姿にあったのは事実だ。

「顔に怪我って、どれくらいの怪我だったの？」

「それが結構ひどくて、伸びた爪で思い切り引っかかれたから血も出るし、頬から顎《あご》にかけて何本もミミズ腫《ば》れができちゃったんだよ」

「病院は？」

「ホームの看護師さんが見てくれて、これくらいなら心配ないとは言ってくれたんだけどね」

「そういうときって、その男性の親族には連絡しなくちゃいけないの？」

「そりゃそうだよ。ただ、その人の場合は身寄りは誰もいないから、連絡しようにも相手が見当たらないわけよ」

「よかったじゃない。もともとマイクを放さなかった彼も悪いんだから」

「まあねえ……。でも、ひっかいた側のおばあさんの親族には連絡しなくちゃいけないしね」

「そうなの？」

「そりゃそうだよ」

話しながらわたしはささっとケチャップライスを食べ終える。

一度、席を立って台所の冷蔵庫から冷えた緑茶のペットボトルを持ってきた。百九十五ミリリットルの飲み切りサイズで、最近はこれを常飲している。特売品なのでヨーカドーの社割を使えば、六十本で三千円程度、一本当たり五十円ちょっとで買えるから、お茶っ葉を使って手間をかけて淹《い》れるより安上がりなくらいなのだ。

キャップを開け、一口すすって、

「それって、要するに加害者責任をちゃんと問うってこと？」

「まあ、大袈裟《おおげさ》に言えばね。原則、施設内で入居者同士がトラブルを起こしたときは見て見ぬふりとか隠蔽《いんぺい》とかは絶対にしないで、当事者側や、場合によっては世間に対してもしっかり情報公開するっていうのが、サニーホームの方針なわけよ」

「へぇー」

サニーホームは全国で介護付有料老人ホームを展開する業界大手の一つだった。

「だけど、今日のケースだとそれが厄介なんだよね」

幸もオムライスを食べ終え、空になった皿にスプーンを置いた。

「持ってこようか？」

自分のペットボトルをかざしてみせると、

「いまはいい」

彼女が首を振った。

「ひっかいたおばあさんの娘っていうのが、ちょっとクレーマーっぽい人なんだよね。私も一度、施設長と一緒に面談したことがあるんだけど、今回の件でも、『うちの母親が悪いわけがない。よほどのことがあったに違いない』って逆ギレするタイプなんだよ」

「そうなんだ……」

「まあ、今回のことは私は直接関わっていないからいいんだけど、でも、施設長や彼女の担当さんは気の毒だよね。担当さんは、まだ若くて入ったばかりの子だしね」

幸は小さく溜め息をついてみせる。

彼女の日頃の言動から察するに、幸は五十半ばという施設長のことを大層気に入っているようだった。

「あそこは施設長の人柄でもっているんだよ」とか「優しい人なんだけど、うちの施設長、ちょっと優し過ぎるところがあるから」とか、いつもそんなふうな言い方をするし、一度一緒に

「ジョブチューン」を観ているときに有名パティシエの鎧塚俊彦《よろいづかとしひこ》を指さして、

「誰かに似ているとずっと思ってたけど、うちの施設長、この人に雰囲気がそっくりだよ」

と言ったこともあった。

かねて鎧塚氏のことは大好きだと幸は言っていたので、それからして彼女が施設長のことをどう思っているか推《お》して知るべしではあるのだ。

6

先に入浴を済ませた幸が自室に引き揚げ、わたしは、取り込んであった洗濯物を自分の部屋で畳むと着替えを持って浴室に向かった。

時刻は午後十時半。

幸は毎朝六時半には家を出るので、就寝は早い。

わたしの方はシフトによって変化はあるもののおおかたは九時出勤だったから、八時過ぎに家を出れば充分に間に合う。

この巨大団地「八潮パークシティ」には全部で七つのバス停があるが、自分が使っているのは「八潮北」の停留所だった。

わたしの住む「潮入北《しおいりきた》第一ハイツ65号棟」から停留所までは徒歩五分。いつも八時二十七分のバスに乗るので、NHKの朝ドラを観終え、火の始末や戸締まりをしっかりしたのちに靴を履いても充分時間はある。終点の「大井町駅東口」到着は八時四十分。職場である「イトーヨーカドー大井町店」は目と鼻の先なので九時出勤は余裕だった。

自室を出て、はす向かいにある幸の部屋のドアを薄く開ける。

常夜灯の乏しい明かりに幸の使っているベッドが浮かび上がり、微《かす》かな寝息が聞こえた。この四畳半ほどの部屋は龍一がいる頃は物置代わりになっていて、幸は居間と引き戸で繫がった六畳の和室で寝起きしていた。

龍一が死んで、その引き戸をとっぱらい、畳をフローリングに張り替えて居間と一続きにした。四畳半の部屋の荷物はほとんどは処分し、残りは拡張した居間に移し替え、空いたそこにベッドを入れて新たな幸の寝室としたのだった。

義理の母娘《おやこ》としてこれからずっと暮らしていくのなら、そうやって居間を広げた方が住み心地がいいに決まっている。龍一の三回忌を済ませたところでこちらから提案し、幸も「それもそうだね」と了解してくれたのである。

潮入北第一ハイツは「八潮パークシティ」の12番地区に61号から68号までが棟を連ねる大規模マンションだ。住宅・都市整備公団が一九八三年（昭和五十八年）に分譲を開始した。

東京の人口増加を見越して造成が進められた「大井埠頭《ふとう》埋め立て地」の一部が「品川区八潮」と名付けられ、そのうちの五丁目を占めるのが八潮団地、つまりここ「八潮パークシティ」だった。敷地は日比谷《ひびや》公園の二倍半、実に四十ヘクタールの広さで、昭和五十八年、そこにまずは六十九の住宅棟が建設されて街開きした。

「潮入北第一ハイツ」の八棟もその六十九棟の一部だったわけだ。

昭和五十八年と言えばわたしは五歳。六歳年長の龍一は小学五年生。幸もまだ三十三歳だった。大田《おおた》青果市場の食堂で働きながら女手一つで龍一を育てつつ、よく思い切ってこの新築分譲マンションを買ったものだと感心する。

そのとき組んだ三十年の住宅ローンを幸が払い終えたのは平成二十五年の秋。龍一が四十三歳で急逝する二年前だった。

龍一と二人で「ローン完済」のお祝いに幸を一泊の熱海《あたみ》旅行に誘った。

熱海の海が一望できる大きな旅館に泊まり、豊かなお湯と豪華な食事を三人で満喫した。

振り返れば、あの頃が自分にとっても幸にとっても最も幸せな時期だったような気がする。

幸もたまに、

「三人で熱海に出掛けたのが一番の思い出だよ」

と口にすることがあった。

早くにかけがえのない長男を失い、幸に残された人生の証《あかし》といえばもはやこの築四十年になる古い団地の一部屋だけだ。

「まだあんたも若いんだ。いまなら子供だって充分に産める年齢だし、龍一のことは忘れて一刻も早く新しい人生に踏み出しなさい。私にはこの家もあるし、さいわい長く続けられる仕事もある。私のことなんて心配しなくていいんだから、さっさとここを出て行きなさい」

龍一が死んでしばらくはしきりにそう言っていた幸だったが、わたしにその気がないと段々

分かってくると、

「あんたに残してやれるのはこの古い家くらいだけど、でも、雨露しのげる自分の家があるっていうのは本当に安心なものだよ」

やがてそんなふうに物言いを変えるようになったのだった。

わたしは、幸のことは死ぬまで見守ろうと思っている。

結婚後も八潮で母親と三人で暮らしたい、と龍一が言ってきたときもちっとも反対しなかった。それまで何度か顔を合わせていた幸のことが特に好きだったわけではない。だが、短大に進むまで否応なく一緒に暮らさざるを得なかった実母の美保子《みほこ》と比べれば、どれほど癖のある人物でも何倍も気楽な相手に違いなかったのだ。

わたしの家も母子家庭だった。

幼い頃から府中《ふちゅう》市内の団地で育ち、父親は、わたしが小学校五年生のときに家族を捨てて出て行った。そういう点も龍一とは共通していた。

初めて、この「潮入北第一ハイツ」を訪ねたとき、自分が育った団地よりも段違いに立派だと思った。府中の狭くて古い2DKに母と弟と三人で長年暮らしてきた身には、八十平米近くもある築二十年の3LDKはちょっとした豪邸のように感じられたのだ。

幸は、亡くなればここを遺してくれるだろう。

幸を看取ったあと死ぬまで一人きりで生きていくとすれば、「あんたに残してやれるのはこの古い家くらい」という幸の言葉は大きな心の支えだった。「雨露しのげる自分の家があるっていうのは本当に安心なものだよ」というのは、実際その通りだと思う。

現在もあの府中の団地で暮らしているに違いない美保子の姿を想像するたびに、尚更にそう思うのだった。

湯量を増やし、肩までゆったりと湯に浸かる。倹約家の幸を慮《おもんぱか》って最初は少しの量で風呂を沸かしている。こうして自分が入るときにこっそり足し湯をしていた。残り湯は洗濯に使うので、風呂を出るときに少し抜いて幸に気づかれないようにしている。

そういうことも、幸がいなくなれば気を遣わないで済む。

そのときまでの辛抱だと思う。幸と一緒にいて、そんなふうに思うことが幾つもあったし、それは幸に限らず龍一と一緒だったときも同じだった。

誰かと共に生活するというのは便利な面もある一方で、面倒くさいことも多々あった。共同生活まで行かなくとも、たとえば友人付き合いなどでもそこは変わらない。

短大時代の友人たちの結婚ラッシュの時期など激しくそう感じた。

結婚式の度におめかしして出掛け、祝福の言葉と笑顔を新郎新婦に振りまき、さらには高額の結婚祝いを包まなくてはならない。いずれ全部回収すればいいんだから、と言い聞かせていたのだが、結局、自分のときは結婚式などしなかったので完全な持ち出しになってしまった。

結婚式というものに対して限りない執着を見せる友人たちの姿を眺め、本当に気が知れなかった。映画スターでもアイドルでもない平凡な人たちがどうしてこんな馬鹿げたことに夢中になるのだろうと思った。

たった一日でいい。一度だけお姫様の気分を味わいたい――彼女たちに真顔でそんなことを言われると、こっちの方が気恥ずかしくなった。

お姫様って一体、誰？

ちょっと考えて思いつくお姫様はあの眞子《まこ》様や佳子《かこ》様、それに愛子《あいこ》様だったが、彼女たちのようになりたいかと問われたら謹んで辞退させて貰うだろう。まあ、他にも大金持ちのお嬢様たちは「お姫様」のように暮らしているのだろうが、それにしたって周囲にはそんな人は一人もいなかったから、実態は謎のままだった。

要するに友人たちは具体的には想像もつかないあやふやなイメージを追いかけているに過ぎなかったのだ。

マジで馬鹿馬鹿しい、といつだって思っていた。

身体があたたまり、透明な湯の中に沈む自分の白い裸体が徐々に血色を取り戻してくる。

そういえば……。

今日の午後、ひょんなことから食事を共にした箱根勇のことを思い出した。

わたしがなぜあんなことをしたのか、彼は一言も訊いてはこなかった。こちらの不躾な質問にもさほど嫌な顔をせずに答えていたし、一度だけムッとした様子を見せたが、それもすぐに引っ込めた。基本、穏やかな性格の男なのだろう。

龍一は滅多に怒らない人だったが、一度機嫌を損ねると長く引きずるタイプだった。その点では勇の方がさっぱりしている印象はあった。

万引きをしたのは今日で二度目だ。

一度目は、龍一が死んで二ヵ月ほど過ぎた頃だった。まだ十月だというのに氷雨のような冷たい雨が降る日だったのを憶えている。七年以上もむかしの話だ。

前の晩、龍一が夢に出てきた。

夢の詳細はもはやおぼろだが、突然龍一が部屋に現われて、「僕と一緒に行こう」と言った。わたしは、「まだこっちに残りたい」と返した。すると彼が鬼のような形相になって手を摑《つか》み、無理矢理に連れて行こうとしたのだった。怖くなって激しく抵抗した。上背のある龍一の身体を思い切り突き飛ばし、慌てて部屋のドアを開けて外に飛び出した。それからは脇目も振らずに走って逃げた。一度も後ろを振り返らなかった。

この夢を見た日の午後、「八潮パークシティ」の中にあるショッピングセンター「ユトリア」の日用品売り場でシャンプーを一本万引きしたのだ。

あのときも上着のポケットに無造作にシャンプーの細長いボトルを入れ、そのまま店の外に出たのだった。今日のように誰かに呼び止められることはなかった。

自分がなぜそのような真似をしたのか理由が分からなかった。どうしてだろう？　と考えて、夢のせいかもしれないと思った。

自らを罰したかったのだろうか？

せっかく夢枕に立ってくれた龍一にあんなつれない態度しか取れなかった我と我が身を罰したくて、衝動的に万引きをしたのではないか。悪いことをして、龍一に成り代わった誰かに強く叱《しか》って欲しかったのではないか……。

当時はそんなふうに考えてみたのだった。

だが、今回はそういうわけではなかった。

自らを罰したいとか、誰かに叱られたいとか露ほども思ってはいなかった。逆算して、七年前の万引きもそんな理由ではなかったのかも、と蒙《もう》を啓《ひら》かれたくらいなのだ。

西友に行ったのはあのケチャップを買うためだった。一ヵ月以上前から何度も足を運び、その度に売り切れ中で、それがようやく入荷していた。

棚の隅にケチャップを発見して、大事な宝物にやっと巡り合えた気分だった。

コートのポケットに入れたのは、買い物カゴを取り忘れていたからだ。手に持って買い物カゴ置き場まで行けばよかったのだが、何となく面倒くさかった。

ま、いいか。これ一本くらい……。

心の中で自分に向かってはっきり呟《つぶや》いたのを憶えている。

罪悪感は一ミリも覚えなかった。

だからこそ、店を出た途端に背後から係員に声を掛けられたときは心臓が凍るような恐怖を感じたのだ。

その瞬間、すぐ目の前に箱根勇の姿があった。自転車に鍵を掛け、彼はちょうど顔を上げたところだった。その彼に向かって咄嗟に、

「あなた」

と呼びかけていた。

どうしてあんなことをしたのだろう？

ケチャップの万引きもそうだし、勇に声を掛けたのもそうだった。

その後の展開は、唖然《あぜん》とするくらいスムーズに進んだ。勇はごくごく当たり前の顔と物腰でわたしの方へと歩み寄り、「うちの女房が何かしたんですか？」と言わんばかりの表情であの係員の男を見つめた。

そんな勇の反応を受けて、またもや咄嗟に、「あなたのせいで万引きと間違えられてるの」という言葉が口をついて出たのだった。

たった半日前の出来事とはいえ、もうあの瞬間の自身の心の動きをリピートすることができない。ただ、鮮明に憶えているのは、勇の顔を見た瞬間、ほとんど何の意図もないままに、「あなた」と呼び掛けていたということだった。

どうしてだろう？

万引きをしたことよりもそっちの方がはるかに謎だった。

年末に毛布を一枚売った客が、年が明けてすぐにまた売り場に姿を見せて食事に誘ってきた。

きっぱり断ると彼はあっさり引き下がったが、実は、寝具売り場に初めて顔を出したときから勇のことが気になっていた。

勇と会うのはそのときが初めてではなかったからだ。

去年の十月の末、勇の姿を「ユトリア」の駐車場で一度見かけていた。こちらは大勢のうちの一人だったので向こうは気づいてもいなかっただろうが、自分の方は彼のとある仕草に強い印象を受けたのでずっと忘れないでいたのだ。

その当の勇が年末、寝具売り場にやって来て、しかも声を掛けてきたのには驚いた。

勇は今日で三度目のつもりだったろうが、本当はわたしたちは、四度目の再会だったのである。

7

万引きの原因として心当たりがあるとすれば、元日に幸に思わぬ告白をされたことがそうかもしれなかった。

元旦は、型通りに屠蘇《とそ》を飲んで、お雑煮を食べた。それからは二人でテレビを眺めながらおせちをつつき、日本酒を酌《く》み交わした。

今年の三が日は幸ものんびりできるというので、元日はわたしも休みを取った。奮発して取り寄せたデパートの三段のおせちを卓上に広げ、二人ともコタツに貼り付くようにして一日を過ごしたのだ。

共にすっかり酔いの回った夜の九時過ぎだった。

「あんた、あっちの方はどうしているの?」

不意に彼女がそう訊いてきた。

「あっちって？」

意味が分からず問い返すと、

「あっちはあっちだよ」

幸は言いながら、自分の胸を両手で持ち上げるような仕草をする。

「あんたも好きにしたらいいんだからね。私に遠慮はいらないよ。外泊だってしたいときにすればいいんだから」

それでようやく合点がいったのだった。

わたしは無言で、自分のコップにぬる燗《かん》を注《つ》ぎ、ついでに幸の手元のコップにも注ぎ足した。

「そういう人はいないの？」

以前も何度か似たようなことを言われた経験があるので無視していたのだが、この日の幸はさらに突っ込んできた。

「いるわけないでしょう」

苦笑しながら片手を振ると、

「じゃあ、今年はそれを目標にしたらいいよ。一年の計は元旦にありっていうからね」

「目標？」

「だから、男だよ」

分かりきったことを言うな、という口調になり、

「私があんたくらいの頃はそういう男がちゃんといたもんだよ」

彼女は、何食わぬ顔でそう付け加えたのである。

「そうなの？」

思いもよらない告白に手元のコップを卓に戻した。

そんな話はこれまで一度も聞いていなかった。自分くらいの頃ということはまだ幸が四十半ばの時代だ。三十年近くも前ということになる。

「いたって、どこにいたの？」

今度はこちらが突っ込む番だった。

「別にどこだっていいじゃない」

幸が照れくさそうに言った。

「本当？」

「本当だよ」

「じゃあ、どこの誰なの、お相手は？」

名前を出されたところで分かるはずもなかったが、ついつい好奇心が口を軽くしてしまう。

「わたしが知っている人？」

幸を知ったのは彼女が五十をとっくに回った頃だった。知らない人ならばこれ以上は聞かずにおこうと思う。

ところが幸の口から飛び出したのは意外過ぎる名前だった。

「藤間《ふじま》の大将」

「藤間の大将って、あの藤間さん？」

幸がさらに照れくさそうな表情で頷く。

藤間の大将ならよく知っていた。それはそうだろう。幸がずっと働いていた青果市場の定食屋「藤間食堂」のご主人だ。龍一と一緒になった頃は幸はまだ「藤間食堂」で働いていたから、二人で何度も店に遊びに行った。

藤間さんは元は腕のいい板前だったそうで、店の定食はどれもとびきり美味しく、そして安かった。市場の食堂とあって早朝開店、午後三時閉店だったが、それが小さい息子を抱えて働く幸にはもってこいだったようだ。

ただし年中無休なので、龍一は日曜祝日も午前五時過ぎには家を出る母親をずっと見送りながら大きくなったのだった。

「とはいっても、休みの日は腹が減ったらとにかくここに駆け込めばいいんだからね。夕方はお袋が大将お手製の特製弁当を持って帰ってくることもしょっちゅうで、それが、本当にうまいんだよ。店の売れ残りなんて一切使っていなくて、大将がわざわざ僕やお袋のためだけにこしらえてくれた弁当なんだ」

龍一は「藤間食堂」に行くと、必ずこの「大将の特製弁当」の話を持ち出していた。

藤間さんは年回りは幸と似たり寄ったりだろう。見るからに料理人といった苦み走った雰囲気のちょっといい男だった。

だが、もちろん彼には妻も子供もいる。それどころか、わたしが「藤間食堂」に行くようになった時分には夢子《ゆめこ》さんという独身の長女が毎日店を手伝っていたのではなかったか。

「いつから？　龍ちゃんは気づいてたの？」

にわかに関心が高まる。

「だからあんたくらいのときからだよ。龍一はあんなだからね、全然気づいてなかったと思う」

幸が言う。

「じゃあ、いつまで？　わたしが龍ちゃんと一緒になったあとも？」

「うん」

頷いて幸はコップの酒を一気に飲み干してみせた。

「夢子さんは知ってたのかな？」

「実は、夢ちゃんに気づかれちゃってね、それできっぱり店を辞めたんだよ」

またまた幸は驚くようなことを口にした。

「気づかれて店を辞めた？」

なるほどと腑《ふ》に落ちることがあった。

幸は六十歳で「藤間食堂」を退職して介護の道に入ったのだったが、龍一もわたしもいきなり「定年」と言い出した幸のことが不思議だったのだ。

「さすがに毎朝四時起きはしんどくなったからね。藤間の大将には相済まないけど退かせて貰うことにしたんだよ」

そんなふうに語っていたが、日頃の元気振りからして彼女が「しんどくなった」というのは額面通り受け取れなかった。なぜ幸はあんなに急に藤間食堂を辞めたのか――その真相がいまようやく明らかになったような気がする。

夢子に気づかれて辞めたということは、四十半ばから六十歳までの十五年間、二人の関係はずっと続いていたということになる。

「どうして夢子さんにバレちゃったの？」

「それがさあ……」

幸が困ったような表情になる。

「現場を押さえられちゃったんだよ」

「現場？」

「店の二階に小さな倉庫があっただろう。あそこで店のあとよく会ってたのよ」

「あそこで？」

二階の倉庫は知っていた。一度、幸に案内されて上がったことがある。文字通り狭い倉庫で、店で使う食材や什器《じゅうき》などがたくさん保管してあった。部屋中にかつおぶしや昆布のいい香りがしていたのをよく憶えている。

「で、夢ちゃんが忘れ物があって急に店に戻って来ちゃったんだよ。そしたら明日の仕込みをしているはずの大将がいなくて、上からは何だかガタガタ物音が聞こえるってんで、上がってきちゃってね。私たちは、あの真っ最中だから、もう、何一つ誤魔化しがきかなくって……」

「それで？」

あまりの話に呆気《あっけ》に取られる。

「夢ちゃんが、『おばさん、ひどい。お父ちゃんもひどい』ってその場で泣き崩れてさ。とんだ愁嘆場《しゅうたんば》だったんだ。大将の奥さんは長患《わずら》いしてたからね。娘の夢ちゃんとしては母親のことが不憫《ふびん》で仕方がなかったんだろうね」

「長患い？」

それは初耳だった。

「パーキンソン。三十過ぎに発症して、四十手前の頃にはもう店に立てないくらいになってしまったんだよ」

「じゃあ、おかあさんもその奥さんのことは知ってたんだ」

「もちろんだよ。峰子《みねこ》さんっていうんだけど、仲も良かったしね。すごくいい人だった。いまどうなってるかは知らないけどね」

「そうなんだ……」

「それでさ、もうここにはいられないって腹をくくったんだよ。夢ちゃんに、『私は今月で辞めるから、そしてもう二度とこの店の敷居を跨《また》ぐこともないし、大将とも決して会わない。だから、後生だから女将《おかみ》さんにはこのことは内緒にしてやってちょうだい』って頭を下げてね」

「そうなんだ……」

びっくりが先に立ってこれといった感想が頭に浮かんでこない。

「大将のことは好きだったの？」

それだけ確かめてみる。

「そりゃそうだよ。気っ風のいい男だったね。最初から、こりゃいい男だって思ったよ」

「どっちから誘ったの？」

「向こうに決まってるじゃない。いまとは時代が違うもの」

「で、大将は、おかあさんが辞めるって言い出しても止めなかったの」

「止めなかったよ。お互い、女将さんにバレたらそこで終わりだと覚悟は決めていたからね」

「手切れ金は？」

ズバリ訊いた。

「そんなもの、貰うわけないじゃない」

幸が一笑に付す。そして、

「ただ、最後の日に百万包んでくれたよ。まあ、あくまで退職金代わりだと言ってたけどね」

と付け加えたのだった。

こうして思い返してみれば、あの藪《やぶ》から棒の告白を聞いて以降、胸の内側にあぶくのような何か、それはわだかまりなのか嫉妬《しっと》なのか、はたまた失望なのか分からないが、が薄くこびりついている気がしていた。

そういう気持ちのもやもやが今日の万引きの引き金になったような気がしないでもない。

そして、わたしはまた、あの箱根勇という男と出会ってしまったのである。

8

午後二時半過ぎに事務所を出た。

車にしようかとも考えたが、今日は晴天で風も穏やかだったので自転車にした。

跡地《あとち》さんたちには昼過ぎに電話して、三時頃に顔を出すと言ってあった。そのときの報告だと、今日も売上げは順調のようだ。

本格的な試験販売を始めたのは四日前の一月七日土曜日。成人の日が入っての土日月三連休の売上げは上々だったが、勝負は連休明けの火曜から金曜までの平日の四日間だと思っている。

昨日、火曜日の売上げは三連休の平均の七割程度。及第点だった。そして、今日も午前の数字は昨日を上回っているという。

あと三日間、まずまずの数字が並べば「ユトリア」への出店にゴーサインを出そうと俺は考えている。

スーパーバイザーの鎌田《かまた》さんの意見も同じだった。

戸越銀座に事務所は構えたもののコロナで身動きが取れなかった「東京支社」に今回のプロ

ジェクトを持ち込んできたのは、社長の長谷川だった。去年の三月のことだ。長谷川の高校の後輩が、佐賀で手広く営業している団子屋チェーンのオーナーを紹介してきたのだ。後輩は福岡の大手地銀の佐賀支店長をやっていて、オーナーとは昵懇《じっこん》の間柄だった。

オーナーの名前は鬼塚喜一《おにづかきいち》。

彼が経営する団子屋チェーンの名前は「団子の鬼」。

鬼塚さんは、佐賀県内に十数店舗を展開する老舗《しにせ》団子屋の二代目で、コロナで「おうち需要」が高まっているいま、福岡を飛び越えて一気に東京進出を図りたいと支店長に相談を持ちかけたのだった。で、その支店長が長谷川に、「ついては先輩の会社でプロデュースして貰えませんか」と下駄を預けてきたのである。

「高校時代にラグビー部で面倒を見てやった男だから、美味しい仕事を回してくれたんだろうけど、どうかな、やってやれないことはないかな?」

長谷川に打診されて、

「任せてくれよ。絶対うまくやってみせるから」

二つ返事で引き受けた。

福岡を飛ばして東京進出、という鬼塚社長の心意気が俺は気に入ったのだ。

向こうに住んで初めて知ったのだが、福岡の人間は佐賀のことをとことん馬鹿にしている。明治維新で藩閥に名を連ねた隣藩へのコンプレックスの裏返しなのか、何かにつけて博多者《もん》は佐賀者を見下しているのだ。

鬼塚さんが、そんな福岡を見限って東京に照準を定めるのは至極当然だろう。自分を嫌っている連中に自慢の団子を食わせるいわれはない、というわけだ。

おまけに東京一号店がうまく軌道に乗ったあかつきには、時を置かずに二号店、三号店と次々に首都圏に出店したいというのが社長の希望だったから、このミッションをやり遂げれば大きなビジネスになるのは間違いなかった。

俺はさっそく動き始めた。

一号店の出店場所は戸越銀座で決まりだった。

食べ歩きで有名な都内有数の商店街に出店できれば成功の可能性はぐんと高まる。まして戸越銀座は俺の地元でもある。人学時代からずっとこの界隈のアパートに住み、商店街のいろんな店でバイトもやった。週刊誌の契約記者の時代も、智子と東大島《ひがしおおじま》で所帯を持つまでは商店街沿いの小さなマンションで暮らしていたのだ。

そして四年前の九月、家族と別れて一人で舞い戻ってくるときに選んだのも、やはりこの戸越銀座だった。

十五年ぶりの帰還とはいえ、まだ何人か親しかった商店街の知り合いもいる。

コロナで転業、廃業が続いている昨今、手頃な空き店舗を見つけるのはそれほど難しくはないはずだった。実際、いま俺が住んでいる事務所兼用の二階家も、昔、飲み屋で仲良くなった地元の不動産屋「三協不動産《さんきょう》」の光村新五郎《みつむらしんごろう》社長に頼み込んで見つけて貰ったものだ。築四十年余りのボロ家ではあるが、賃料は破格の安さだし、内部は水回りも含めて数年前に全面リフォーム済みなので住み心地は決して悪くなかった。

案の定、貸店舗はすんなり見つかった。

今回も光村社長に依頼すると一週間もしないで三つの貸店舗物件を持ってきてくれたのだ。そのうち家賃も手頃で、まさしく商店街の路面店でもある一軒を選択した。

戸越銀座商店街は、ＪＲ「大崎」駅側から順に「戸越銀座銀六《ぎんろく》商店街」、「戸越銀座商店街」、「戸越銀座商栄会《しょうえいかい》商店街」の三つの商店街振興組合が組み合わさって成り立っている。都営浅草《あさくさ》線「戸越」駅がある第二京浜《けいひん》国道と「戸越銀座」駅がある東急《とうきゅう》池上《いけがみ》線の踏切の両方を跨いで中原《なかはら》街道まで真っ直ぐに全長一・三キロの街路が通じ、沿道の店舗数は実に四百店舗に上っていた。文字通り東京二十三区を代表する商店街なのだ。

俺が選んだのは三つのうち一番手狭な物件だったが、その代わり「戸越銀座」駅を出てすぐの好立地だった。日々の通勤通学客だけでなく、この駅を使って戸越銀座へとやって来る休日の買い物客たちが真っ先に覗《のぞ》くのは線路を挟んで軒を連ねる数十の店舗群だ。その中の一つに一号店は割り込むことができたのである。

三月のうちに貸店舗の賃貸借契約を済ませると、実際の店作りのために俺は一計を案じた。

もちろん俺の動きは逐一、鬼塚社長にメールで細かくレポートしていたが、社長は「全部、箱根さんにお任せします」と言って、何一つ口を入れてくることはなかった。

「僕が上京するのは開店の日と決めていますから」

電話でもそう繰り返し、俺は尚更にやる気を起こさざるを得なかった。

俺が案じた一計というのは、今回のために専門の店舗コンサルタントを雇うということだった。むろん誰でもいいというわけではなかった。そのへんのコンサルに頼むくらいであれば、自前でアイデアを出した方がよほどマシな店が作れるに決まっている。

ただ、俺には意中の人がいた。

鎌田常臣《つねおみ》。

二十年以上前、首都圏の国道沿いに次々と飲食店を建て、「ロードサイド・ハリケーン」の異名を取った実業家である。鎌田さんは東京、千葉、埼玉、神奈川の郊外にステーキ、和食、中華、とんかつ、しゃぶしゃぶ、ラーメンといった業態の異なるレストランを幅広く展開。最盛期には三百以上の店舗を一人で運営し、それは「鎌田マジック」とも呼ばれて飲食業界の話題をかっさらったのだった。

俺は週刊誌時代に一度だけ、この鎌田さんにインタビューをしたことがあった。所属していた「週刊時代」が休刊の憂《う》き目に遭う前年、二〇一〇年（平成二十二年）の年末のことで、インタビューしたのは、その直前に鎌田さんが突然、すべての店舗を大手コンビニチェーンや飲食チェーンに売却して事業から完全撤退すると宣言していたからだった。

「日本の風景がね、おかしくなっちゃったんですよ」

面と向かうと開口一番、事業から身を退こうと思った理由を、彼はそう語った。

「それって、僕のせいも大きいと思うんです」

要するに、東京近郊のロードサイドに集中豪雨的に画一化した店舗を展開していくという独自のビジネス手法が大成功をおさめたことで、日本全国に数多《あまた》の「ロードサイド・ハリケーン」二世が出現し、彼らがそこらじゅうで似たようなパターンの出店攻勢をかけてしまった。その結果、

「僕の唯一の趣味は大型バイクなんで、ヒマがあればいろんなところにツーリングに行くんです。それこそ南は沖縄から北は北海道まで。だけど、そうやって日本中をバイクで走っていると、どこに行ってもコンビニ、巨大ショッピングモール、家電量販店、そして似たような感じの飲食店ばかりが建ち並んでいる。それこそ金太郎飴《あめ》みたいに日本の風景が画一化してしまった。そして、そういう風景を作り上げるのに一役買った僕自身が、せっかくのツーリングの面白さを奪われてうんざりしているわけですよ」

という事態に立ち至ったと鎌田さんは言うのだった。

「だから、もうこんなことはやめてしまおうと思ったんです」

それが今回の決断の理由だという。

「じゃあ、今後は何をしようと思っているんですか?」

俺の月並みな質問に、

「真逆のことをするつもりです。そこにしかない、他のどこに行ってもそんな店は見当たらない、そういう特別な店のプロデュースをやっていこうと考えています」

そして、そうした店を「地域きらきら店」と自分は呼んでいるのだと鎌田さんは付け加えたのだった。

当時、俺は三十九歳。三歳年長の鎌田さんもまだ四十二歳。

その後、俺は雑誌の休刊で編集部から放り出され、しばらくはフリーランスとしてあがいてみたものの埒《らち》は明かず、三年後の二〇一三年（平成二十五年）、娘の智奈美の小学校入学を区切りに家族三人で福岡に移住し、すでに故郷の博多で起業の準備をしていた長谷川と共同で「ボックスリバー・プランニング」を起ち上げたのだった。

一方、鎌田さんはインタビューで話していたとおり、「地域きらきら店」のプロデューサーとしてほとんど手弁当で全国を飛び回り、数多くの実績を築き上げた。いまでは店舗コンサルタントの第一人者として押しも押されもせぬ存在になっている。

たった一度面識を得ただけの相手だったが、俺は躊躇《ためら》いなく彼に連絡を取った。

五十歳を境に好き勝手、やりたいようにやると腹を固めているからでもあったが、長く記者をやってきたのでもとから誰かにいきなり面談を申し込むことへの抵抗はほとんど感じないのだ。

十二年前に貰った名刺の携帯番号に電話すると、あっさり本人が電話口に出た。

鎌田さんは俺のことを憶えてくれていたし、それより何より「団子の鬼」の存在をよく知っていたのだ。

「ああ、例の佐賀の団子ですね。あれはうまい団子ですよ。あの会社の一番の強みは独自の冷凍技術を持っていることです」

彼は言い、その「団子の鬼」の件で折り入って相談があると告げると、

「いいですよ。いつでも赤坂見附《あかさかみつけ》の事務所に来て下さい。何だったら明日なんてどうですか？午後は空いていますけど」

彼の方から場所と時間を提案してきたのである。

さっそく翌日、赤坂見附の小さなビルに入っている鎌田さんの事務所を訪ねた。

鎌田さんは顔も雰囲気もちっとも変わっていなかった。

今年で五十四歳になるとは到底思えないような若々しさを保っている。

彼は俺の話をじっくりと聞くと、「団子の鬼」東京一号店のプロジェクトへの参加を即決してくれた。

「ついては、コンサルタント料はどれくらいお支払いすればいいでしょうか？」

そこが一番気になるところではあった。

俺としては、一号店については「ボックスリバー・プランニング」の取り分を全額鎌田さんに回して構わないと考えていた。そのことは長谷川の了解も取ってあった。

うちのマネジメント料は、一号店を成功させ、続く二号店、三号店と出店していく過程で稼ぎ出していけばいい。鎌田さんの力も借りて編み出した一号店の手法が流用できれば、二号店以降は定額の顧問料を支払うだけで鎌田さんとの関係を繋いでいくこともできるだろう。

「そうですね。スーパーバイザー契約で先ずは三年間。月額三万円でどうでしょう。最初から三年というのは、何で？　って感じかもしれないですが、一つの店舗にしろチェーン店にしろ、最低それくらいはウォッチしないと僕としても責任が持てないんです」

「三万円？　そんなに安くていいんですか？」

俺がびっくりして確かめると、

「はい。他のお店も全部そのくらいでやらして貰っていますから。ただし、仕事は僕の方で選ばせて貰っているんです。うちは、来る者は拒まずではないので」

鎌田さんは柔和な表情を崩すこともなく、はっきりとそう言ったのだった。

9

三時きっかりに「ユトリア」の駐車場についた。

電動機付きとはいえ、自転車をぶっ飛ばしてきたので額や首筋が薄ら汗ばんでいる。俺はハンドタオルで汗を丁寧に拭ってから駐車場の入口を抜ける。

京浜運河に架かる「八潮橋」を渡っているあいだは羽田《はねだ》方面から強い風が吹きつけていたが、「八潮パークシティ」に入った途端にぴたりと止んだ。

「ユトリア」の駐車場はのどかな日射しに照らされて、まるで昼寝でもしているみたいだ。

広いスペースに駐まっている車は数えるほど。大きなショッピングセンターのエントランスにも出入りする客の姿はなかった。

平日の午後三時、この施設が最も空いている時間帯ではあろうが、それにしても閑散とした雰囲気は否めない。

最盛期は一万七千人の居住者を擁した「八潮パークシティ」も少子化の波に洗われて年々人口を減らしている。とは言ってもいまだに一万二千人弱の住人を抱えているはずだ。それにしてはこの「ユトリア」というショッピングセンターは旧態依然としている。

経営母体の後進性――鎌田さんは一言でそう切り捨てていたが、俺もまったく同感ではある。ただ、俺が調べたところではそうした後進性のおかげでテナントとして入っている飲食店の数は少なく、出退店も激しい。おかげで俺たちが目を付けた一階の貸店舗もすぐに交渉可能となり、提示された賃料も充分に予算内だったのだ。

テナントの担当者に無理を言って、駐車場の一隅を借りての試験販売も実現させた。昨年の十月末にフードトラックを持ち込んで、最初の試験販売を行ない、そのときは鎌田さんのコネで参加してくれたJリーガーが〝一日店長〟を務めた効果も大きく、戸越銀座の一号店でも見たことがないような売上げを叩き出した。

土曜日とあって駐車場のフードトラックには大勢の人たちが詰め寄せ、串団子を買い求めるための長蛇の列ができたのだった。

イベント感満載のこの一日だけの試験販売をどの程度の評価とするべきか俺には見当もつかなかったが、似たような試みを各所で開いてきた鎌田さんによると、「かなりの手応え」と捉えていいようだった。

テナントの担当者もこの口の集客の凄《すご》さには驚いて、それもあって年明け七日からの連続十日間の二度目の試験販売にも快くＯＫを出してくれたのである。

去年の六月、戸越銀座の一号店を開くときに、鎌田さんが出してきたプランはさすがに秀逸だった。

店の内外装は時代劇風、鎌田さんに言わせると「江戸時代の峠の茶屋風」にし、店頭には市《いち》松《まつ》模様の幟《のぼり》を飾るという。

「てことは例のアレにあやかるってわけですか？」

俺が言うと、

「そう。例のアレです。『団子の鬼』という店の名前からしてぴったりだと思いませんか」

鎌田さんはにやりと口角を切り上げてみせたのだ。

この人気漫画にあやかった一号店の店作りは見事に図に当たった。開店初日から店頭には大勢の客が集まり、その人気は半年以上が過ぎた現在も変わらずに続いている。

約束通り、開店当日に戸越に乗り込んできた鬼塚社長も大満足の様子で、鎌田さんのみならず俺にも何度も何度も礼を言って佐賀に帰っていった。

「さっそく二号店、三号店と出していきましょう」

鬼塚さんからのゴーサインは、一週間の売上げを報告したその日のうちに出され、

「出店場所も予算も、すべて箱根さんと鎌田さんにお任せします」

今回もまた全権を委任してくれたのである。

駐車場の右隅に置かれたフードトラックの前には小さな子供連れの客が一組、団子が出来上がるのを待っていた。

「団子の鬼」の団子はすべて嬉野《うれしの》の本社工場から冷凍品として配送されてくる。それを冷蔵庫で解凍し、専用のオーブンで焼き目を付けてみたらしや磯辺にしたり、または解凍した団子にそのまま餡《あん》やクリームを塗って変わり団子にして販売する。餡やクリームももちろん本社直送品だ。

団子以外にも季節に合わせて、大福やおはぎ、桜餅などもショーケースに並べるし、パック売りのあべかわ団子やわらび餅も販売する。それらも当然すべて冷凍品だった。

「団子の鬼」の旨さは、なんと言っても団子や餅生地それ自体にある。加えて二代目が考案した独自の冷凍法で、作りたての味をそのまま保てるのが大きな強みだった。

セントラルキッチン方式なので店舗には冷凍冷蔵庫とオーブン、それに作業台があれば事足りるし、製造コストも圧縮できる。そのおかげで一番人気のみたらし団子一本の価格は消費税込みで九十円。他の団子も似たり寄ったりの低価格だった。

「この団子は、川越《かわごえ》の団子とよく似ているんです。あっさりしているから何本でも食べられる」

とは、川越でやはり老舗の団子屋を超人気店に仕立て上げた鎌田さんの寸評だ。

俺も試食したとき、同じような感想を持った。

「団子の鬼」の団子は地元の佐賀で大人気を博しているだけあって、東京でも充分に通用するだろう格別にうまい団子なのだった。

親子連れが帰ったところで、俺はフードトラックに近づく。

「お疲れさまです」

声を掛けると、跡地さんとバイトの女の子の二人が笑顔になって、

「箱根さん、お疲れさまです」

と返してきた。

戸越銀座一号店の開店が決まり、開店一ヵ月前に坪倉俊雄《つぼくらとしお》さんと跡地さゆりさんの二人が佐賀から派遣されてきた。坪倉さんは三十八歳。前職は唐津《からつ》店の店長で、今回、東京一号店の店長に抜擢《ばってき》された。跡地さんの方は佐賀本店のベテラン従業員で三十二歳。二人とも独身だ。

跡地さんは、二号店が決まったときはそこの店長になることがすでに内定していた。なので「ユトリア」への出店が具体化し始めてからは、彼女は戸越銀座店での仕事の合間を縫って二号店開店のための準備に勤《いそ》しんでいる。

フードトラックによる試験販売もむろん先頭に立ってやっているのだった。

俺もトラックに乗り込んで三十分ばかり販売を手伝う。

その間に五組の客があったが、三組はフードトラック目当てで駐車場に来たようだった。団子や大福を手にすると「ユトリア」には入らずにそのまま引き揚げて行く。三組とも車で来た客だった。老夫婦が一組、子連れが一組、そしてあと一組は若い男性。「ユトリア」の玄関を出てフードトラックに寄ってきた二組の方はどちらも中年の女性で、この二人はそれぞれ団子を十本、十五本とまとめ買いしていった。

午後三時という中途半端な時間帯で、しかもフードトラックによる真冬の屋外販売でこれだ

けの売上げがあれば、年中無休の「ユトリア」に実店舗を構えたとしても充分に採算は取れそうだ。何しろ団子は原価が安い。その上、冷凍品なので人件費も圧縮できる。家賃のさほどかからない店舗であれば損益分岐点を低く設定することが可能だった。

「これなら、何とかいけそうだね」

手が空いたところで俺が言うと、

「私もそう思います」

跡地さんもしっかり頷く。

フードトラックの手伝いはそのあたりで切り上げ、俺は「ユトリア」四階にある管理事務所へと向かった。そこでテナントを担当する麹谷《こうじたに》営業課長と簡単な打ち合わせをする。二十分ほどで終えると、事務所を出てエスカレーターで一階まで降り、いまは目隠し用のフィルムが貼られて中が見えなくなっている候補店舗をチェックしたのち再び駐車場のある側の出入り口から建物を出た。

駐めてあった自転車に跨がり、フードトラックの方へ軽く手を振ってペダルを漕ぎ始める。

時刻は午後四時を十分ほど回ったところだった。相変わらず風は弱く、一月とは思えないようなうららかな陽気だ。

俺は来るときに渡った「八潮橋」方面ではなく、別の方角へと自転車のハンドルを向ける。

「八潮パークシティ」は「大井埠頭埋め立て地」という巨大な人工島の中にあるので、他の品川区や大田区の街々とは運河で隔てられ、幾つかの橋によって連絡されている。

「品川シーサイド」駅へと繋がるのが「八潮橋」、大井競馬場へと通ずる「競馬場通り」にあるのが「勝島《かつしま》橋」、そして、「八潮パークシティ」のちょうど真ん中あたりに一本架けられているのが「かもめ橋」だった。

今日は「かもめ橋」を渡って帰ることにしよう。

「かもめ橋」は歩行者及び自転車専用の細長い連絡橋なので車両は通らない。運河沿いの景色をのんびりと眺めることのできる恰好の橋でもあるのだ。

10

俺は、俺自身が幼少期から高校を出るまで南砂《みなみすな》の団地で育ったので、「団地」というものに対しては複雑な思い入れがあった。

若い頃、まだこの胸に〝未来への希望〟というやつが巣くっていた時期の目標は、「団地を抜け出して、もう二度と団地では暮らさない人間になりおおせること」だった。これは東京で生まれ育った〝団地っ子〟には分かり過ぎるくらい分かる気分だと思う。

そこそこ勉強のできた俺は、自分はきっとそうなれると固く信じていたのだった。

大学は早稲田《わせだ》に進んだ。政治経済学部が第一希望だったが、さすがに無理で文学部に入学した。思えばこの学部選択の時点で大きな失敗をやらかしてしまった気がする。実は商学部と教育学部にも合格していたのだ。

せめて商か教育のどちらかを選んでいれば俺の人生は全然違っていたのではないか？　いまでもときどき思うことがある。

高校時代の俺の得意科目は数学だった。理系に進まなかったのは、理系に行けば俺より数学ができるやつがごまんといるが、文系であれば得意の数学を使ってライバルに差をつけられると本気で信じていたためだ。文学部に入った理由は、単に合格した三つの学部の中で文学部が最も偏差値が高かったというに過ぎない。

バカ丸出しと言われれば、まったくその通りと言うほかはない。

だが、本物の陥穽《かんせい》は別のところにぽっかりと口を開けて待っていた。

文学部に入るまで小説なんてほとんど読んでいなかった俺は、生まれて初めて文学なるものに触れ、瞬殺で持って行かれてしまったのである。

それからの目標は、作家になることだった。

大学二年のときに小説を書き始めて、結局、卒業までろくに授業には出ずに狭いアパートの一室でせっせと〝純文学〟を書き続けた。手当たり次第、各出版社が主催している新人文学賞に応募したが一次選考に残るのがせいぜいだった。

バイトと執筆で忙殺されているのだから勉強どころではない。理の当然のごとく一年留年し、五年目でどうにか卒業したときにはまともな就職口は残っていなかった。

大学四年の頃から飯田橋《いいだばし》にあった小さな編集プロダクションに出入りして、ライターの真似事で小銭を稼いでいた。

卒業後は、そのままそこに拾って貰う形になった。

三年間たっぷりと安い給料でこき使われ、編プロの社長が、ボーナス代わりにと護国寺《ごこくじ》にある大手出版社の発行する男性週刊誌の編集部に契約記者として押し込んでくれた。俺が二十七になる年だ。

三十三歳で智子と結婚。二年後に娘の智奈美が生まれた。

作家になる夢はもう捨てていた。

団地暮らしから抜け出すという目標も、自分の中で目標としての価値を失っていた。住む場所なんてどこでもいい。親子三人が何とか人並みの生活を続けていければそれで充分だし、そうやって人並みに生きることがいかに大変かをようやく理解できるようになっていた。

要するに俺はすっかり小市民に成り下がってしまっていたのだ。

いまの俺は、この巨大団地「八潮パークシティ」が好きだった。

ここに来るとなぜか気持ちが落ち着いた。南砂の団地に住んでいる頃は、一日でも早く抜け出したいと思っていたし、そのときの切羽詰まった滾《たぎ》るような熱情はいまでも記憶にしみついている。そんな若い自分が愚かだったとも傲慢だったとも思ってはいない。

ただ、こうして五十の坂を越えてみれば、案外、あの暮らしだって捨てたものではなかったのかもしれず、是が非でも逃げ出したかったあの団地もいまになってみれば懐かしい俺の故郷に違いないと思えるようになった。

だからこそ、南砂とはスケールが桁違いのこの巨大団地に一歩足を踏み入れたとき、俺は訳もなく感動してしまったのだった。

こりゃ、まさしく団地の王様だな。

そう思った。

そして、その王様は、いまだに一万人を超える住民を従えて権勢をほしいままにしている。

鎌田さんを初めてここに連れてきたとき、彼は、しばらく周囲の景色を眺めたあと、

「箱根君、この団地には昭和が力強く生き残っているね」

と呟き、

「政府は、こういう場所を昭和のテーマパークとして徹底的に化粧直しすればいいんだよ。そうすれば東京のみならず全国から大勢の人たちが、ここに遊びに来てくれるようになる。街も潤って、開業当時の活気があっと言う間に戻ってくるよ」

感じ入った口振りでそう言ったのだった。

11

橋の入口で俺は自転車を降りる。

茶色の舗装材には「速度落せ」と白ペンキで記されているから自転車に乗ったままでも構わないのだろうが、それではせっかくの景色がもったいない。

下校時分なのだろうか、何人かのランドセル姿の子供たちが、向こう岸に向かって歩いていた。彼らは「八潮パークシティ」内の小学校に通い、毎日、登下校でこの橋を渡っているのだろう。

俺もその後ろ姿を追いかけるように自転車を押して、橋を渡り始める。

右手には行きに通った八潮橋があって、その向こうには品川シーサイドの高層ビル群が建ち並んでいる。

左手は空港へと運河の流れが続いている。

そして橋の先には巨大な倉庫群と共に低層の団地や大きなマンションが建っていた。ランドセルの子供たちはあの団地やマンションの住人なのだろうか。

今日は一月十一日水曜日。時刻は四時十五分。

中天にあった太陽はすでに西に傾き、冬空は相変わらずの青さだが、光は次第に弱まり始めていた。あと三十分もすれば運河も周辺の建物も赤い夕焼けに染まって様相を一変させることだろう。

この時間帯は昼から夜へと切り替わるちょうど〝光の変わり目〟だった。

俺は昔から、そういう〝光の変わり目〟の風景が好きなのだ。

橋の中ほどに欄干が少し張り出してベンチが設置された休憩スペースがあった。そこに女が一人立っていた。

近づくにつれてその姿がはっきりしてくる。三十メートルほど手前で俺は、「えっ」と心の内で呟く。

彼女は欄干に身体をくっつけるようにして両手を頭上に持ち上げスマホをかざしている。スマホが向けられているのは品川のビル群ではなく羽田方向だった。

これといった建造物のない、せいぜい遠くに橋が架かっているのが見える程度の殺風景な景色である。

女は、野々宮志乃である。マスクはしていなかった。俺も同じだ。

スキニーのジーンズにグレーのダウンジャケット。頭には同じグレーのニット帽。余りに素っ気ない身なりだが、それでも、非常に整った横顔は彼女に間違いない。

一体何を撮っているのだろう？

数メートルの距離に近づいても志乃は俺に気づかない。夢中になってスマホのシャッターボタンをタップしている。連写ではないが、二、三秒置きに微妙にスマホの角度を変えながらボタンをタップする。

風も足音もない、いつの間にか誰もいなくなった橋の上で、そのシャッター音だけがくっきりと聞こえる。

自転車を止め、俺は彼女がレンズを向けている方角へと目をやる。

よく観察してみると何を撮っているのかなんとなく分かってくる。俺はしばらく黙ってその撮影風景を見守っていた。

「こんにちは」

志乃が腕を下ろしたのと俺が声を掛けたのはほとんど同時だった。

弾かれたようにこっちに顔を向ける。

それにしてもなぜこんな場所に一人でいるのだろう？——そう思いながら、小さく会釈をした。

「こんにちは」

向こうも不思議そうに俺を見ていた。

気まずい沈黙が流れる。この前、デニーズで一緒に食事をしたときを思い出した。

俺は彼女の背後へと視線を向ける。

「いい色でしたね」

ちょっと顎をしゃくるようにして言った。志乃はますます怪訝《けげん》な様子になった。

「いや、あの空の色です」

自転車のハンドルから外した左手で指さすと、彼女も運河の方へと再び首を回した。

「もう暗くなっちゃいましたけど」

志乃は恐らく、運河ではなくあの空を撮影していたのだ。

昼と夜の〝光の変わり目〟に空は一瞬だけ昼でも夜でもない特別な色の光を放つ。それも広い空の全体ではなくて、ほんの一部分がふっとそういう不思議な色に染まるのだ。

今日は薄い紫色の光だった。冬場にときどき見える光の色だ。

志乃がスマホのレンズを向けていたのは、その紫に光る空の方角だったのである。

「箱根さん、どうしてこんなところにいるんですか？」

ダウンジャケットの上からたすきがけにしている黒いサコッシュにスマホをしまったあと彼女が訊いてくる。詰問調というわけでもないが、この人の物言いはどこか高圧的だ、と俺は思う。

食事の誘いを断られたときも、「あなた」と声を掛けてきたときも、そして一緒に食事をしたときもそうだった。

「俺は、さっきまでユトリアで仕事だったんです」

志乃はそれで納得したような顔をする。

逆に「なんでだ？」と思う。

「野々宮さんは？」

次の質問が飛んでこないのでこちらが訊ねることにした。

「わたし、この団地に住んでいるんです」

意外な答えが返ってきた。

「ここですか？」

俺は橋の左岸の方へと顔を向ける。「八潮パークシティ」の団地群が聳《そび》えるように連なっていた。

「はい」

「おひとりで？」

今日も指輪をしていないから、彼女は独身なのだろう。

「いえ、母と二人です。母と言っても義理の母なんですが」

「そうですか……」

義理の母と二人暮らし。ということは、夫は亡くなったのだろうか？　指輪がないことからすればその可能性が高い。子供がいるようにも見えないし、どうして彼女は死別した夫の母親と一緒に暮らし続けているのか？

瞬間的に幾つかの疑問が頭の中で渦巻く。

ただ、目の前の志乃にはそういう境遇はとても似つかわしいような気がした。なぜそんな気がするのか理由は分からなかった。

「今日は仕事はお休みなんですか？」

俺は質問を変えた。

「はい。非番なんです」

「そうですか」

そこで両手で握っている自転車のハンドルを少し前に押し出した。

「だったらいまから一緒に晩飯でも食べませんか。今日は俺がご馳走しますよ」

「いいんですか？」

すると志乃がまたまた意外な反応を見せる。

「もちろんです」

俺はいささか戸惑いながら強く頷く。

12

最初は並んで歩いていたが、鮫洲《さめず》橋を渡って運転免許試験場のあたりまで来たところで、

「自転車にしませんか？」

志乃の方から言ってきた。

「何だったらわたし、漕ぎますけど。それ電動機付きだし」

「そうしましょうか」

同意すると、志乃は不意に身体を寄せてきた。

「いやいや。俺が漕ぎますから」

慌てて荷台の方へと促す。

「すみません」

俺がサドルに腰を据えると彼女はすんなり荷台に跨がる。

「よろしくお願いします」

驚いたことに何の躊躇いもなく俺の身体に腕を回してきたのだった。

「じゃあ、行きます」

自転車を漕ぎ始める。胴体に絡みついた腕に力が籠《こ》もる。背中に志乃の上体が密着してくる

のが分かる。

よく分からないおんなだなあ、と心の内で独りごちる。

「お寿司とかでもいいですか？」

自転車を走らせながら訊れた。

「はい」

志乃は言い、

「お寿司大好きです」

と付け加える。

感触から察するに彼女は頬まで俺の背中にくっつけているようだ。

かなり飛ばしたので、二人乗りでも二十分足らずで大井町ガーデンに着いた。ガーデンの駐輪場に自転車を置いて、一階の飲食店エリアにある「宝田《たからだ》水産」に志乃を案内する。

「ここ、来たことありますか？」

店の入口で訊くと、

「ありません」

志乃が首を振る。

「一見すると回転寿司っぽい店構えですけど、そうじゃないんです。寿司が食いたくなったら俺はいつもここなんです」

ガラス張りの窓から覗くと広い店内に客は二組だけだった。まだ五時になるかならないかなので空いているのは当たり前か。

若い時分に戸越界隈で暮らしていた頃は阪急百貨店が大井町のランドマークとして君臨していた。それが四年前に戻って来てみると建て替えられた大井町ガーデンでは、「阪急」は一階の食品館に名をとどめるのみで、各階の物販店のみならず入居している飲食店も「デニーズ」をはじめ全国チェーンの店ばかりになっていたのだった。

この「宝田水産」もその一つではあるようだが、一度、馴染みのない名前に惹かれて入ってみると、これが大当たりだった。

新鮮な魚を職人が丁寧にさばいて握ってくれ、しかもタッチパネルを使って一貫ずつ注文できる。値段も安く、おまけに平日はアルコール類の大半が半額だというのも嬉《うれ》しいサービスだった。

一番奥まった四人掛けの席に案内され、俺はカウンター側に、志乃が壁側に座る。

湯呑みと粉茶が卓上に用意され、置かれている保温ポットのお湯でお茶を淹れる。そのあたりは普通の寿司屋というより回転寿司に近い。

「お酒、飲みますか?」

お茶を淹れながら訊ねると、

「はい」

志乃が頷いた。

「熱燗にしませんか?」

自転車を漕いでいるあいだにさすがに身体が冷えてしまっていた。

「おまかせします」

今日の志乃はやけに素直だった。前回との落差に違和感が強い。

何か知らぬ間に俺はこの人に気に入られるようなことをしたのだろうか？

そのすました顔を見ながら思う。

まず、熱燗を二人分注文した。志乃はお茶にはちょっと口をつけただけだ。どうやら酒は嫌いではないらしい。

俺は酒の飲める女が好きだった。なのに一緒になった智子は完璧な下戸で、大袈裟ではなく自分たち夫婦が徐々にすれ違っていった理由の何分の一かはそこにあったような気がしている。

それに比べて美也子《みやこ》との酒は楽しかった。最後はとんでもなくひどい終わり方だったが、あいつとの酒の記憶はいまも明るく、愉快なままだ。

美也子と知り合って、俺は酒の飲めない智子のことが余計につまらなくなってしまった。そこは智子には申し訳ない話だったが、人のそうした感情にはいかんともしがたいものがある。

店員がお銚子《ちょうし》二本とお猪口《ちょこ》二つを持ってくる。酒を注いでさっそく乾杯した。

「今日はありがとうございます」

お猪口をかざして言う。志乃は無言でお猪口を持ち上げる。

互いに一杯飲み干し、もう一度自分と相手の分の酒を注いでから、

「野々宮さんはウニ、イクラ、中トロだとどれが一番好きですか？」

と訊いた。

志乃が怪訝な顔になるので、

「まず最初に一番好きなやつからたくさん食べるのが俺の流儀なんです」

と話す。

これは本当だった。最近の俺は、ここに来ると中トロばかり食っている。

「その中だったらウニかな」

志乃が言う。

「中トロは？」

「もちろん中トロも好きですよ」

「だったら、まずはウニと中トロを十貫ずつ注文しましょう。俺は中トロが大好物なんです」

「そんなのもったいないですよ」

志乃はイヤとは言わず、そう言った。

「大丈夫。今日は俺の奢《おご》りですから」

タッチパネルを操作して、その二品だけを頼んだ。

酒を飲みながら待っていると、ほどなくウニと中トロがずらりと並んだ細長い皿が二枚運ばれてくる。

さすがになかなか壮観な光景だ。

志乃はサコッシュから取り出したスマホで何枚か写真を撮っていた。

スマホを手元に置くと、

「やっぱりもったいないですね」

と言う。

「やっぱり？」

「これじゃあ、ゆっくり味わって食べられません」

「確かに。気前のいいところを見せようとしてやり過ぎちゃいましたね。五貫ずつくらいにすればよかった」

割り箸《ばし》を渡しながら俺が笑うと、

「仕方ありません。乾かないうちにじゃんじゃん食べましょう」

箸を受け取った志乃の方は快活な口調になっている。

計二十貫の寿司はあっと言う間になくなった。ウニはほとんど彼女が平らげた。

「野々宮さん、食欲凄いですね」

俺が呆れてみせると、

「わたし、よく食べるんです」

と言う。

「追加、何にしますか？」

「もうお腹いっぱいです。箱根さん、ご自分の分だけ頼んで下さい。それから、お勘定は割り勘にさせて貰います。箱根さんにご馳走していただく理由がありませんから」

「今日はこの前のお返しですよ」

「あのときは、わたしが御礼でご馳走したんです」

「まあ、そんな堅苦しいことは言わないで下さい。この前もお話ししたように、俺は俺の好きなようにやりたいんです」

志乃は黙って俺を見る。気分を害しているようには見えなかった。

「ところで野々宮さん、今夜は時間は大丈夫ですか？」

話題を逸《そ》らす意味合いもあって訊いた。

「はい」

「だったら酒のつまみでも追加して、今日はもう少し飲みましょう」

二本のお銚子はすでに空になっている。

俺は芋焼酎のお湯割り、志乃は角ハイボールの濃いめだった。他に自家製玉子焼き、炙《あぶ》り明太子、白子ポン酢、牡蠣《かき》フライを注文する。

酒とつまみの皿が届くと、志乃はまたそれらの写真を撮る。

「デニーズでは撮っていませんでしたね」

「我慢したんです。よく知らない人の前でこんなことはできませんから」

例によってはっきりし過ぎる物言いだが、何か他意があるふうでもない。要するに彼女はそういう歯に衣《きぬ》着せぬタイプの人なのだろう。

「写真が好きなんですか？」

「かもめ橋」の欄干に貼り付くようにして上空へとスマホを向けていた志乃の姿を思い浮かべる。

「はい。小さな趣味なんです」

「小さな趣味？」

「そうです。このスマホで撮るだけだから」

小さな趣味か、と俺は思う。「ささやかな趣味」とはどう違うのだろう？

「箱根さんの趣味は何ですか？」

「俺の趣味ですか……」

ちょっと思案して、

「これですかね」

お湯割りのグラスを指さした。

「いまじゃ、趣味というか伴侶って感じですけど」

「お酒が奥さんなんですか」

志乃がいささか期待外れな様子で言う。

「あとは、隠れ美人捜しかな」

続けて思い浮かんだのはやけりそれだった。

「隠れ美人？」

「野々宮さんみたいな人のことです。いろんな場所で女の人のことをじっくり観察して、隠れ美人を捜しているんです」

「わたしみたいな人ですか？」

「はい。この人、お化粧をしたり、きれいな服を着たらさぞや美人になるだろうなっていう人を捜すんです」

「何のためにそんなことをしているんですか？」

「そうですね。言ってみればポケモンGOみたいな感じですかね」

「ポケモンGOですか」

「そうです。あんな感じです」

「じゃあ、そういう人を見つけたら、片っ端から声を掛けてるんですか？」

さすがに呆れたような口調で志乃が訊いてくる。

「昔はただ、隠れ美人を見つけるだけでよかったんですけど、二年前に自分に正直になろうと決心したんで、それからは声を掛けたりもしますね。と言っても片っ端からってわけじゃないですけど」

志乃がげんなりした表情になってハイボールのジョッキを口許に持って行く。

「そもそも隠れ美人ってなかなか見つからないんですよ。お化粧もおしゃれも余りしていない人たちなんで、誤魔化しがきかないんです。単に目が大きくて鼻が高ければいいってわけじゃなくて、何て言うのか、顔立ちに品格のようなものが必要なんです。だから、矛盾するような話なんですけど、隠れ美人って結構スカウトとかされてモデルさんとか女優さんとかになっちゃってるんですよね。要するに手つかずで巷《ちまた》に密かに生息している隠れ美人の数は案外少ないんです」

さすがにちょっと言い訳めいた説明をせざるを得ない。

「なんですか、それ」

志乃は尚更呆れたような顔つきになる。

「いや、俺の正直な感想です。モデルさんとか女優さんは、プライベートだとすっぴんにジャージって人とか意外に多いんですけど、そういう人たちは、実は元隠れ美人だったりするわけです」

「でも、箱根さん、どうしてそんなことまで知っているんですか？」

「俺、十五年くらい『週刊時代』っていう週刊誌の記者をやってたんです。そのとき芸能ネタをやらされたり、グラビアを担当させられたりしたんで、女優さんとかモデルさんとか少しは知っているんですよ」

「『週刊時代』って、あの『週刊時代』ですか」

志乃が驚いたような声になる。

「はい。と言っても、フリーの契約記者なんでエリート揃《ぞろ》いの社員編集者とは全然立場が違うんですけど」

十年以上前に休刊になった「週刊時代」だが、発行部数トップの週刊誌としてその名を轟《とどろ》かせていた時期もあったのである。

それからは、互いのことをぽつぽつと話しながら酒を飲んだ。

八年前に夫と死別したこと、その後も死んだ夫の母親と一緒に「八潮パークシティ」の団地で暮らしていること、勤務先のヨーカドー大井町店には五年前から契約社員として通っていること、などを志乃は話してくれた。

俺も自分の離婚や現在の仕事について簡単に説明した。

驚いたのは、志乃の結婚指輪の件だった。指輪は夫の死後しばらくして、

「こんなのしてたら誰も声を掛けてくれないよ」

と言われ、姑《しゅうとめ》に没収されてしまったのだという。

「うーん」

俺が何も返せないでいると、

「わたしに新しい彼氏ができたらいつでも出て行って構わない、と言うんですけど、それが本音かどうかは分かりません。ただ、さっぱりした性格の人なんで、言葉はときどききついんですが表裏がない分、一緒に暮らしやすい相手ではあるんです」

志乃はそう言い足したのだった。

その姑は今年で七十三歳になるそうだが、いまも現役の介護ヘルパーとして毎日フルタイムで働いているらしかった。

13

帰宅は午後九時半過ぎだった。

勇とは店の前で別れ、きゅりあん一階のバス停まで歩いて「八潮パークシティ」行きの循環バスに乗った。

午後五時頃から飲み始めたのでずいぶん長いこと一緒にいたのだが、さほどの疲れはない。ただ久しぶりの大量のアルコールのせいで眠気が差していた。

お開きになる直前は、勇の話も半分くらいしか耳に入ってこなかった。眠気を覚《さと》られないようにするだけで精一杯だったのだ。

靴を脱いで部屋に上がると煮魚の匂いがする。

わたしが出た後、幸が煮てくれたのだろう。幸は今日は泊まりの夜勤で夕方からの出勤だった。

幸の煮物は魚にしろ野菜にしろ本当に美味しい。「藤間食堂」では主にホール担当だったが、煮物だけは彼女がやっていたようだ。

「藤間の大将にしっかり味付けを教わったからね」

いつもそう言うが、

「俺も煮物だけは、さっちゃんにかなわないんだよな」

かつて大将がそう言っていたくらいなので、きっと「藤間食堂」で働き始める前から幸の煮物の腕前はとびきりだったのに違いない。

幸が「藤間食堂」で働き出したのは、夫であり息子の父親だった工藤義一《くどうよしかず》が家を捨ててほどなく、龍一が小学二年生の頃だと聞いている。だとすると、彼女は当時三十歳になるかならないかだ。離婚したとはいえ、まだ若くて美しかったはずの幸がどうしてその後三十年の長きにわたってあの食堂一筋で働き続けたのか？

元日の告白だと、藤間の大将と男女の仲になったのは、いまのわたしくらいの年回りの頃だったという。

果たしてそれを額面通りに受け取っていいものかどうか？

峰子さんという女将さんの病状が大きく悪化したのがその時期で、それがきっかけになった可能性もあるにはあるが、そこからだとしても十五年も関係が続いたことや関係を結ぶ以前、龍一が小・中学生だった時分から大将がわざわざ母子のために「特製弁当」を作っていた点などを考え合わせると、あの日の「私があんたくらいの頃はそういう男がちゃんといたもんだよ」というセリフは言葉の綾《あや》に過ぎず、二人が深い仲になったのはもっとむかしだったのかもしれない。

だからこそ、三十年も「藤間食堂」で働き続けた――そう考えた方が辻褄《つじつま》が合うような気もする。

自室で部屋着に着替えると台所に行った。

鍋にはカレイの煮付けが一つ残っている。もう一つは幸が今夜の夜食用に持って行ったのだろう。形を崩さないように魚を皿に移してラップをかけ、冷蔵庫にしまった。大井町まで買い物に出たら同僚とばったり会い、昨夜は夕食を済ませて帰ってきたと幸には言えばいい。

明日の夕食は自分はこれで、幸にはお刺身でも買ってきてあげることにしよう。彼女は肉はほとんど口にしない。食べるとしても鶏肉くらいだ。死んだ龍一もそうだった。なので肉を食べたいときは外食するしかなかった。

わたしは魚よりも肉の方が好きだった。龍一や幸と一緒に暮らすようになって次第に魚好きに変わっていったが、幸の煮魚の味を知ったのも大きかったように思う。

台所でお茶を淹れ、湯呑みを持って居間に入る。ダイニングテーブルの椅子に座って熱い緑茶をすすって酔い醒《ざ》ましをする。

広い居間を見渡す。

とても静かだった。

元からの居間にダイニングテーブルを置き、かつての幸の寝室にコタツを置いている。冬になるといつもこのダイニングテーブルとコタツの場所を入れ替えたいと思うのだが、幸が何となく渋るのでできないでいた。

テーブルは龍一がいる頃から使っている四人掛けの大きなものだった。三人で暮らしているときはいつもこのテーブルで食事をしていたのだ。

コタツは龍一が亡くなってから導入した。

それもあって、幸は冬場だけとはいえ二つを入れ替えるのがイヤなのかもしれない。

息子の面影を失いたくないのだろう。

しかし、このダイニングテーブルは大き過ぎる。本当は小さなものに買い換えたいのだが、そんなことはとても言い出せなかった。

幸が死んだら、とわたしは思う。

真っ先にテーブルを買い換えよう。

だが、改めてこうやって目の前の居間を見回すと、一人になったらこんなに広い部屋は必要ない気もする。いっそ売り払って、別の場所にもっと小さな部屋を買ってもいいのではないか。

そんな想像をするのはたのしい。

一刻も早く幸にいなくなって欲しいと願っているわけではない。血の繋がらない母子とはいえ、実母の美保子との確執を思えば、わたしにとって幸はかけがえのない母親なのだ。ずっと元気でいて貰いたいし、思い切り長生きして貰いたい。だが、そうした混じりっ気のない願いとはまったく異なる次元で、わたしはやがて訪れる一人きりの暮らしを夢想してしまう。

そういえばさきほど食事をした箱根勇も似たようなことを口にしていた。

「結局、何十年も一緒にうまくやれる相手なんて滅多にいないんですよ。親でも、たとえ我が子であっても賞味期限がある。まして夫婦なんてすでに賞味期限切れ寸前の相手と一緒に暮らし始めるのが大半なんじゃないかなあ……」

彼は自らの離婚について喋《しゃべ》っているときそんなふうに言い、

「一人暮らしがいいんじゃなくて、誰かと一緒に暮らすことがつらいんですよ。一人暮らしのつらさを一とすると、二人だと二、三人だと三、家族が増える度にどんどんつらさは増していくようにできているんです。人間は社会的な動物ではあるけれど、それは逆に言えば、人間同士はあくまで社会的に繋がるべきであって、個人的に繋がるべきじゃないってことなんだと、俺はこの歳になって初めて分かった気がしてますからね」

と重ねたのだった。

勇のこの述懐めいたセリフに内心で大いに共感してしまった。

龍一と結婚したとき、わたしが彼を伴侶に選んだ一番の理由は、「一緒にいても気にならない人だから」というものだった。龍一は無口で、基本的には穏やかで、そしてわたしにとって理想の容姿を備えた男だった。

だが、そんな龍一でも共に暮らしてみると難しいところは多々あった。まして幸との同居がセットだったから、幸の存在自体ではなく実母に見せる息子としての龍一の側面の方が、わたしにすれば初見であり容易には馴染めないものでもあった。

今夜の勇ふうに言うならば、幸に対してはあくまで社会的な繋がりを保っているだけで済んだが、夫である龍一とのあいだには個人的な繋がりが生じざるを得ず、そこを見越して「気にならない人」を選択したにもかかわらず、やはり男女の付き合いとなると、あれこれとまとわりついてくる面倒臭さが次第に際立っていったのだった。

「社会的な繫がり」と「個人的な繫がり」の一番の差は、礼節の有無だとわたしは思っている。母の美保子や父の久弥《ひさや》、弟の福弥《ふくや》と一緒に暮らしているとき、わたしが彼らに対して何より不満だったのは、それぞれが礼儀知らずで無節操だったことだ。

彼らはわがままで、自分勝手で、愛情という美名のもとに自らの欲望をわたしに遠慮会釈なく押しつけて恥じるところがなかった。

「私がこんなことを言うのは全部あなたのためなのよ」

これが美保子の口癖だった。

「おとうさんだって我慢しているんだよ」

これが父の久弥の口癖で、わたしが十一歳のときに彼は家を捨てた。

「この家で家族のことを本気で考えているのは、結局、僕一人なんだ」

父が出て母子三人の暮らしが始まって時が過ぎると、勉強嫌いでバイトばかりに精出していた弟の福弥は、何かというとそんなふうに悲憤慷慨《ひふんこうがい》するようになった。だが実際のところ、彼は単に自分の遊ぶカネが欲しくて働いていただけなのだ……。

お茶を飲み干し、全身に回っていた酔いがだいぶ薄くなったのを感じた。

わたしは風呂支度をするために椅子の座面に貼り付いていた重い腰を持ち上げる。

14

わたしは短大に入ると同時に府中の実家を出て、独り暮らしを始めた。短大は吉祥寺《きちじょうじ》の近くだったが、通学よりもアルバイトを優先してアパートは渋谷《しぶや》に借りた。家賃は高かったが、その分、割のいいバイト先があったからだ。

母や弟とこれ以上一緒にいるのがどうしてもイヤで家出同然に飛び出した手前、家賃を含めた生活費のみならず二年間の学費も自分で支払う必要があった。

入学時の諸費用は高校時代にバイトで蓄えた貯金をはたいて賄《まかな》った。バイトに明け暮れながらの受験だったので最初から四大を狙うつもりはなかったのだ。

短大の二年間は、年齢を偽って道玄坂《どうげんざか》のキャバクラで働いた。

昼間学校に通うにはそれが一番手っ取り早かったし、父親譲りの容姿をせめて一度は自分の人生のために役立てたかった。父親本人に何もして貰えなかった分、それくらいは当然許されると思っていた。

キャバ嬢としては可もなし不可もなしだった。

ナンバーワンを狙ったことなど一度もないが、好待遇の店からの引き抜きの勧誘には一切乗らなかったのでマネージャーの信用は得ることができた。

アフターはそこそこ付き合うが、同伴は絶対にやらなかった。いまで言う〝塩系〟キャラだったが、当時はそれが予想以上にウケて、わたし目当てでお店に通って来てくれるサラリーマンも結構いたのである。

お酒は強かったけれど、たくさん飲むと眠くなるのが難点だった。

そこを見抜かれ、アフターで無理矢理飲まされて何度かホテルに連れ込まれたこともあった。それも最初の半年くらいのあいだのことで、そのうちそんなヘマはやらかさないようになった。

短大卒業と同時に夜の仕事からは足を洗って就職した。

勤め先は本郷《ほんごう》にある中堅の製薬メーカー。総務部に配属されて最初の一年は受付をやり、翌年に同じ総務部の広報課に異動した。

広報課の二年目、経営企画部から課長代理として異動してきたのが疋田直樹《ひきたなおき》だった。

疋田は、わたしより八歳年長の当時三十一歳。その若さでの広報課長代理就任は異例の抜擢と噂されていた。彼は企画部時代に秘書課にいた創業家の次女と結婚していたので、抜擢の最大の理由がそれなのは社内周知のことだった。

ただ、疋田は仕事もよくできた。

まあ、それも当然と言えば当然の話で、創業家の一員に加わり将来を約束されるには優れた資質は不可欠に違いない。

一緒に働き始めて三ヵ月ほど過ぎたところで、

「高杉《たかすぎ》さん、今夜、食事でもどう？」

いきなり誘われた。

その日までそんな素振りは一切なかったのでびっくりした。何か仕事のことで重大なミスを犯したのではないか？　または何事かで大きな業務上の疑いをかけられているのではないか？

――咄嗟に思ったのはそういうことだった。

わたしが返事できないでいると、

「もちろんプライベートの誘いだから、イヤならイヤとはっきり言って貰って構わないよ」

疋田は余裕綽々《よゆうしゃくしゃく》の態《てい》で付け加える。

二人きりでの食事なのだと初めて認識した。

「ＯＫなら六時に一緒に出よう」

と言われて、

「はい」

周囲の耳を気にしながらわたしは頷いていた。

西麻布《にしあざぶ》の有名なフランス料理店に連れて行かれた。名前だけは知っていても、ランチでさえとても足を踏み入れることのできないような高級店だった。

ワインで乾杯の後、

「高杉さん、僕と期間限定で付き合わない？」

開口一番、疋田はそう言った。

キャバ嬢時代にいろんな男の誘いを断ってきたが、彼はそういうタイプの男たちとは一線を画していたので非常に意外な気がした。

そもそも疋田は結婚してまだ三年と経っていないはずだ。

「高杉さん、僕のことが好きだよね」

彼は表情を変えずに言い、

「僕も高杉さんが好きなんだ」

と、まるで「これ、シュレッダーにかけておいて」と普段言うように言った。

「あの……」

わたしはとびきり極上の味のするワインを一息で飲み干し、

「これって何のゲームなんですか？」

と訊ねる。

「ゲームというよりバトルかな」

疋田は空になったわたしのグラスになみなみとワインを注ぎながら笑みを浮かべた。

「バトル？」

よく意味が摑めなかった。

「そう。持たざる者たちが持っている連中に仕掛けるゲリラ戦。そして、僕と高杉さんは今日から同盟を結ぶってことだよ」

「代理が何をおっしゃっているのか分からないんですが」

「高杉さん、僕はね、妻のことはあんまり好きじゃないんだ。好きじゃない人とずっと一緒にいなきゃいけないのは精神衛生上、結構ヤバいんだよね。でも、僕の場合は離婚という選択肢はないからね。だとするとどこかで本物の仲間とさ、ストレスを発散するための愉快な時間を持たないとやっていけないと思うんだ」

「はあ……」

わたしはとりあえず先を促す。そこへ料理が運ばれてきた。

見たことのないような光沢を放つ皿の真ん中に、見たこともないような料理が載っていた。

「今日はコースじゃなくて、僕が気に入っている料理をどんどん出して貰うことにしているからね。畏《かしこ》まらないで二人でじゃんじゃん食べてガブガブ飲むことにしよう」

そう言って、自分のグラスにもたっぷりとワインを注ぎ、持ち上げて目の前にかざしてみせる。

「乾杯」

仕方なくわたしもワイングラスを手にした。

そのあとは、さきほどの話は尻切れトンボのまま、疋田はよく食べ、よく飲み、よく喋った。仕事のことが半分、残りの半分は自らの身の上話だった。

「実はね、こんなみっともない話をする相手は、きみで二人目なんだよ」

貧しかった少年時代のことを詳細に語った後でそう言った。彼は栃木の片田舎で、母一人子一人で育ったのだという。

「最初の人は、大学時代の同級生でね、会社に入ってからもずっと付き合っていたんだ。だけど、僕がいまの妻と結婚すると決めたときに彼女とは別れた。当たり前の話だけどね。でもね、そうやって彼女を失ってみて、自分でも驚くくらいにさみしいんだよ。まるで太い血管に穴が開いたみたいにさみしさが噴き出して、どうにも止まらないんだ」

疋田はそこで泣き笑いのような表情を作った。そして、

「高杉さんは、その彼女によく似ているんだ。要するに、僕たちは同類なんだよ」

強い口調で断言したのだった。

疋田とはそれから二年近く付き合った。

彼の言う「同盟」とは、「期間限定」で自分と付き合ってくれれば、いまの会社でわたしが働き続ける限り待遇面でのバックアップを惜しまないということだった。

「恐らく四十歳までに僕は経営陣に名を連ねるだろう。そうしたら、尚更強力なバックアップが可能になるよ。高杉さんにとってこの同盟は決して損な話じゃないと思う」

疋田は自信満々に言い、

「期間限定って、一体いつまでのことなんですか?」

わたしが訊くと、

「そんなの決まってるだろう。高杉さんが誰かと結婚するまでだよ」

分かりきったことを、という顔で彼は答えたのだった。

入社五年目の三月、突然、北海道支社への転勤を命じられた。何の前触れもない余りにも唐突な人事だった。すでに経営企画部へ戻っていた疋田をすぐに会社の外に呼び出して事の経緯

を問い質《ただ》した。

「とっくに妻にバレてたんだ」

悪びれる様子もなく、彼は言った。

「彼女、ようやく妊娠してね。それで、あなた、もういい加減にしてくれって言われてしまったよ」

と苦笑いを浮かべた。そして、

「三年だけ、黙って札幌《さっぽろ》に行ってくれないか。そしたら必ず呼び戻す。約束するから」

と頭を下げたのである。

15

わたしは疋田のことが好きだった。

彼が見抜いていた通りで、初めて広報課で顔合わせをした瞬間に、いままで出会った男の中で一番のタイプだと感じたのだ。

彼に「僕たちは同類なんだよ」と言われたとき、ああ、この人もそのことを分かっているんだ、と思った。

「高杉さん、僕のことが好きだよね」

というのは図星だったし、

「僕も高杉さんが好きなんだ」

というのも本音だとすぐに理解した。

だが、だからといってさすがに札幌への転勤を受け入れるつもりはなかった。

二〇〇三年（平成十五年）の三月末日付でわたしは退職した。

疋田は必死になって慰留してきたが、取り合わなかった。

「何か困ったことがあったり、僕の助けが必要だと思ったときは必ず連絡をくれよ」

最後は、例の泣き笑いのような表情になって彼は言った。

「もちろん」

わたしは頷いたが、もとからそんな気は毛頭なかったし、疋田の方もそれは十二分に察していただろう。

退職日にさっそく転居した。最後の一ヵ月は有休を使ったので新しい部屋を見つけ、引越し準備を済ませる余裕はあった。

茗荷谷《みょうがだに》のワンルームから品川区大井町の1LDKの部屋に移る。環境を思い切り変えたかったのもあるが、父方の叔母から店を手伝わないか、と誘われたのが大井町を選んだ一番の理由だった。

叔母の名前は高杉梓《あずさ》。京浜急行「鮫洲」駅のすぐ近所で「あずさ」という小さなスナックを経営していた。

高校を出て一人暮らしを始めてからは、ときどき「あずさ」に顔を出して叔母とは交流を保っていた。父の久弥とは五つ違いの妹で、当時は五十歳になるかならないかの年回りだったと思う。

父とよく似た顔立ちの美人だった。

ということはわたしともよく似ていて、店で働くようになると客たちからしばしば姉妹のように見られ、言われるたびに叔母は本気で喜んでいた。明るい性格の人で、そのあたりは根暗な性分だった父とはまるきり正反対だった。

一度も結婚はしていなかったが、男出入りは激しかったようだ。わたしが「あずさ」を手伝っていた頃も常連さんの一人とは特別な間柄になっていた。

叔母は父が亡くなったとき、親身になってわたしを慰めてくれた。

父が死んだのは、短大に入り、一人暮らしを始めて三ヵ月が過ぎた一九九七年（平成九年）の六月のことだった。当時住んでいた埼玉県上福岡《かみふくおか》市のマンション九階のベランダから転落して死んだのである。享年四十九。

父と一緒に暮らしていた女性から叔母のところへ連絡が入り、彼女はすぐにわたしに知らせてくれた。父が新しい恋人と上福岡で暮らしているのは叔母から聞いていたが、小五のときに家を出て行って以来、一度も会ったことがなかった。

訃報を貰うちょうど一ヵ月前にも「あずさ」で、

「おにいちゃんが志乃ちゃんに会いたがっているよ」

と叔母に言われ、

「おばちゃん、この店でばったりなんて不意打ちは絶対にダメだからね」

と釘を刺したばかりだった。

「そんなことしないわよ。会うときはお互い、ちゃんと会うと腹を決めて会わなきゃね」

叔母は困ったような顔で返してきたものだ。

まさかそれからたったひと月で父の死に接するなど思いもよらなかった。

父は雨上がりの夕方、自宅ベランダから誤って転落し、コンクリートの地面に後頭部を強く打ちつけてほとんど即死だった。

父が転落したとき、一緒にいた恋人はキッチンで料理の最中だったようだ。

「うわっ」

という叫び声を聞いてベランダに駆けつけるともう姿はなく、慌てて下を覗けば、頭のあたりから大量に血を流して仰向けに倒れている父がいたのだった。

マンションのベランダからは晴れた日は美しい富士《ふじ》の雄姿が望めた。

そういう日は、父はよくベランダに出て愛用のカメラで何枚も富士の写真を撮影していたのだそうだ。ときどき両手でカメラを持ったまま思い切り身を乗り出しているので、彼女は何度か「そんなに前のめりになっていたら危ないよ」と注意していたらしい。

落下する父は、咄嗟に虎の子のカメラを守ろうとしたようだ。カメラを胸に抱き締めて背中から地面に激突し、そのせいで後頭部を強打して頭蓋骨の一部が粉々になってしまった。

葬儀のとき、恋人から父が撮影した富士の写真を見せて貰った。

「こんな同じような写真ばかりをずっと撮り続けていたの」

父が厳選してプリントアウトしたという数十枚の写真を次々とめくりながら、ずいぶん年下の恋人は呟き、

「私にはどれがどれだかちっとも分からない」

とこぼしてみせた。

彼女は、父がいのちを賭《と》して守ったカメラをわたしに譲ろうとした。それは固辞して、中に入っていたSDカードだけを貰い受けた。むろんそこには、死ぬ間際に父が撮影した雨上がりの夕日に染まる富士の姿もおさめられていた。

通夜、葬儀のあいだもわたしは母や弟とはろくに口をきかないままだった。

焼き場で父の骨を拾うと、初七日や精進落としの食事会には出席せず、わたしはさっさと引き揚げた。

渋谷のアパートに帰り着くと、貰ってきたSDカードをPCのスロットに差し込み、膨大な数の写真データを呼び出して、父が遺した富士山の写真を一枚一枚じっくりと検分していった。

あの恋人が言っていたように、どれも似たような構図の似たような色調の写真だった。

「どれがどれだかちっとも分からない」

彼女がそう言っていたのも無理はないと思う。

だが、画面上の写真を何度も見直しているうちに、父がどうしてこんな似たような写真を飽

きず撮り続けていたのかがわたしにははっきりと分かった。

葬儀場で恋人に見せられたプリントでは見分けにくかったが、こうしてデジタルデータとしてPCの画面上に写真を再生させてみると、雲や雪の加減、時々刻々と移ろう太陽の明るさの加減で画像の中の富士はそれぞれ不思議な光をその山体の一部から放っているのだった。

父は、そうした特殊な光を宿している瞬間を狙って毎回、カメラのレンズを向けていたに違いなかった。

わたし自身が空や光の写真を撮り始めたのは、龍一を亡くしてからだ。

初めてそういうつもりでスマホを使ったのは、二〇一五年八月六日木曜日の午後二時頃だった。

東京の空はどこまでも高く青く、気温は三十五度を超えていた。

あの日、火葬場で龍一の骨が焼き上がるのを待っているあいだ、わたしはひとりで斎場の外に出て、焼けつくような日射しが降り注ぐ蒼天《そうてん》を眺めた。

そのとき、記憶の底からよみがえってきたのが、父が上福岡のマンションから最後に撮影した、夕日に染まる富士の姿だった。

わたしは、ぎらぎらと輝く太陽から少し離れた西の空に、写真の中の富士に宿っていた赤い光とまったく同じ色合いの光が薄く滲《にじ》むように広がっているのをはっきりと見たのである。

慌ててバッグからスマホを取り出し、夢中になってその赤く染まった空を撮影した。

とっくに知っていたことだが、わたしには父に見えた同じ光が見えるのだった。

そして、父やわたしに見えるその光は、わたしたちのような特殊な〝眼〟を持っている人間だけにしか見分けることのできない光なのだった。

去年十月の最後の土曜日、「ユトリア」で買い物を済ませてエントランスを出ると、駐車場の隅に駐まったフードトラックの周囲に人垣ができていた。

何だろうと気になってそばまで歩み寄れば、

「美味しい団子の移動販売　佐賀の名物〝団子の鬼〟の串団子」

という幟が立てられ、トラックの中では青い法被《はっぴ》姿の背の高い茶髪の青年が笑顔を振りまきながら団子の入ったフードパックを客たちに手渡していた。

トラックのボディには「サッカーU－23日本代表　巻野光一郎《まきのこういちろう》選手　来臨」という横断幕が掲げられていた。

サッカーには詳しくないので判別はつかなかったが、どうやら笑顔の青年がその巻野光一郎選手のようだった。

わたしは人波をかき分けるようにしてトラックの前まで進んだ。

巻野選手の両側にはお揃いの法被を着た女性が二人いて、右の女性が選手に団子のパックを渡し、もう一人が客からお金を受け取っている。さすがに手ぶらで抜け出すわけにもいかず、わたしも列に加わり、四本入りの団子を購入した。一パックが三百六十円。やけに安かった。

人だかりを外れて、駐車場を出ようとしたところで何気なしにフードトラックの方へと振り返った。

すると、トラックの運転席側に立てられた幟の横に男が立っているのに初めて気づいたのだった。彼も青い法被を着込んでいるので関係者に違いない。マスクはしていない。

わたしは、そのひょろっとした男の姿になぜだか目を奪われた。

立ち止まって、しばし見とれる。

三十秒ほど経ったところで彼がふっと顔を上に向けた。

鼻筋の通った、美しい顔立ちの男だった。すっとした細面《ほそおもて》がじっと空の方を見つめている。その動作に従うようにしてわたしも顔を上げ、彼の見つめる方向へと視線をのばした。

時刻は午後三時過ぎだったか……。

青空に白い雲の切れ端が幾つか浮かんでいた。

そのうちの真ん中寄りの切れ端の一つに見たこともないような銀色の光が当たっている。

顔を戻して今一度彼の目線を確認した。

そうなのだ。彼は間違いなくその銀色の不思議な光を見つめていたのだった。

16

風呂から上がって、冷蔵庫から缶ビールを一本取り出す。年末に買って、まだ飲みきっていない分だった。開栓して缶のままビールを胃に流し込む。

あたたまった身体の真ん中を一気に冷気が駆け下りていく。

バスローブ姿でビール片手に居間の壁際に置いたソファに座る。こんなことができるのも今夜は幸の目がないからだった。

一人は自由だ。

あっと言う間に飲み干して立ち上がり、自分の部屋へと向かう。

さっさと着替えてベッドに寝転がり、最近撮影した写真をチェックしよう。

去年の秋、スマホを新しい機種に買い換えた。カメラの性能が一段と向上し、それからは撮影の頻度が増えた。

ここ数年は撮り溜めた写真の中でこれという一枚を厳選して、定期的にインスタグラムにアップしているが、新機種にしてからはアップの回数も徐々に増えつつあった。

フォロワーの数はせいぜい五十人程度ではあるけれど、それでも、「いいね！」がつく写真は結構あるし、しょっちゅうコメントをくれる熱心なフォロワーもいる。

そういう常連さんの中には、わたしの写真に写り込んでいる不思議な光を何かしら感じ取っている人がいるのかもしれない。

パジャマ姿になってベッドの縁に腰掛ける。

勇だったらどうだろう？　と想像する。

彼であれば、わたしが写したもののすべてを読み取れるのではないか？

今日も「かもめ橋」で会ったとき、彼には紫色の光が見えていたようだった。「あの空の色」が「いい色でしたね」とはっきりと言っていた。

しかも、その口調はいかにも自然だったのだ。

わたしは、スマホの写真フォルダを開き、アルバムに表示される沢山の写真を眺める。夕方の「かもめ橋」の景色を拡大しようとして、ふと別の写真の上で指が止まった。

細長い皿にウニと中トロの握り寿司が十貫ずつ並んだ写真だった。

その写真にかぶさるようにして、さきほど店の前で別れた勇の姿が脳裏によみがえってくる。

「最近は自分のやりたいようにやろうと決めている」と言いながら、それが、毛布を買ったスーパーの寝具売り場の店員を食事に誘うことだったり、寿司の〝ばっかり食い〟だったり。あげくデニーズのドリンクバーからコーヒーを二杯注いできて片方を勧めたら、彼は明らかに戸惑い、困ったような顔を見せていた。

勇という男は基本的に善良で、ひどく臆病な性格なのだろう。

自分のやりたいようにやることが不得手で、いつも周囲の顔色を窺ったり、他人に気を遣ったりして生きてきたに違いない。

そもそも、自分のやりたいようにやるというのは、ある日、決意して出来るようなことではない。自分勝手に好きに生きるタイプの人間というのは、最初からそういうふうに生まれついているのが大半なのだ。

本物の犯罪者が犯罪それ自体を認識できないように、本物の自己チューは、自分のやっていることがわがままだとは思ってもみないのである。

母親の美保子がそういう人間だし、父の久弥も同類だった。もう何年も会っていないが弟の福弥もきっとそんな人間になっているだろう。

そして、わたしだって――自分自身についても思わないわけではない。

ただ、こんなふうに「あの母やあの父やあの弟のようにはなりたくない」と自らを戒《いまし》めている時点で、自分は、もしかしたらそういう人間ではないのかもしれないと僅《わず》かな慰めを得ることはできるのだ。

龍一という人はどうだったろうか？

わたしはスマホを枕元に置いてベッドに仰向けに寝転がった。

暖房の効いた部屋は心地よいあたたかさで満たされているが、入浴で酔いと睡魔を一掃したのでいまは眠くなかった。

龍一の記憶も年々薄れている。七回忌を済ませた頃から夢に出てくることもなくなったし、ここ一、二年は日々、仏壇の前で遺影に手を合わせているときに思い浮かべるだけになっている。

こんなふうに彼についてしみじみ思い出すのは一体いつ以来だろうか？

龍一はどんな人だったのだろう？

十年以上も一つ屋根の下で暮らした相手なのに、わたしには彼のことがよく分からない。記憶が徐々に薄れてきたからというだけではなく、彼という存在が活動を停止し、静止画として把握できるようになってみて、本来ならくっきりと見分けられるはずの人間としての細部が余計に見えにくくなった——それが実感だった。

死んだ人間というのはまるで冷めた料理のようだ。

龍一を失って、わたしは、そのことに気づいたのだった。

大方の料理は、熱々の状態で食べているからこそモリモリガツガツと食べられるのであって、冷たくなってしまうとあっと言う間に味を失い、食欲をそそらなくなる。その料理本来の美味しさというのは熱々という〝活発な状態〟の中に多くの根拠を持っていたのだと思い知る。

冷めても美味しい人間なんて滅多にいないのだ。

龍一という人も冷めてみれば、その美味しさがうまく思い出せない種類の人間だった。冷たく動かなくなった彼の記憶は、いろんな部分が曖昧《あいまい》だった。曖昧というより複雑な意味合いを失って殺伐とした事実や疑いだけに干からびてしまった気がする。

ただ、そんなふうに感じてしまうのは、きっとわたしという人間が実のない、あたたかみに乏しく酷薄な人間だからなのだろう。

あんなに優しくして貰ったのに、という思いはあるが、いまとなってはどんなふうに優しくしてくれたのか具体的に思い出すことがほとんどできない。

一緒にご飯を食べ、同じ一つのベッドで眠り、年に一度か二度、休みを取っていろんな場所に泊まりがけで出掛けた。

龍一はそういう大切な相棒だったが、普段はあまり喋らなかったし、仕事熱心ではあっても会社での愚痴や悩みを洩らすことは一切なく、あの日、突然亡くなるまでいたって健康だった。わたしの方も派遣会社に登録して順繰りで幾つかの事業所で働き、平日はそれほど多くの時間を彼と共にすることはできなかった。幸がいるから、まして二人きりで過ごす時間はとても少なかったのだ。

あっと言う間に十一年の月日が流れ、同じ列車の同じ席に乗り合わせていた彼は、別れの挨拶一つせずにいきなり途中下車してしまった。

わたしは当初はただ途方に暮れ、いまはまるであの十一年の日々は幻影のようなものだったのではないかと感じている。最初から幻影だったからこそ、龍一という存在の記憶はこんなにもぼんやりとしているのではないかと……。

龍一を紹介してくれたのは、「あずさ」の常連の一人だった室田《むろた》さんだ。

室田さんはこの「八潮パークシティ」で草野球チームを主宰していて、自身も監督兼捕手として試合に出ていた。

彼の指揮する「八潮パイレーツ」は南関東草野球リーグに参加していて、最もレベルの高い十二チームが集まってリーグ戦を戦う「日曜大会1部リーグ」でリーグ優勝六回、さらには各リーグの優勝チームが争う「草野球ワールドシリーズ」でも総合優勝四回を誇るセミプロ級の強豪チームだった。

レギュラー陣には甲子園経験者や社会人野球経験者も何人か混じっていて、室田さん自身も一度甲子園の土を踏んだことがある往年の高校球児だったのである。

「あずさ」で働き始めて半年ほどが過ぎた二〇〇三年（平成十五年）の九月、

「志乃ちゃん、一度、俺たちの試合を見に来ない？　いきのいい男がくさるほど集まってるよ」

すっかり親しくなっていた室田さんにそう誘われて、わたしは、

「わたしなんかが行っていいんですか？」

とすぐに返していた。

野球なんて興味がなかったが、そのときはどういうわけか一度試合を見物に行ってもいいような気がしたのだ。

むろん、くさるほどいるという「いきのいい男」に釣られたわけではなかった。

当時は、疋田との不毛な関係が長く続いたこともあって「男は当分こりごり」という気分が強かった。

九月最後の日曜日、わたしは鮫洲運動公園にある野球場に足を運んだ。前日まで一緒に行くと言っていた叔母は、朝になってデートの約束が入り、ドタキャンしてしまった。まあ、一人でもちっとも気にならなかったので、わたしは散歩がてら出掛けたのだった。

その試合に七番ショートで出場していたのが龍一だった。

彼も小さい頃から野球をやっていて、高校の野球部ではずっとレギュラーを張った野球少年だったのだ。リトルリーグではピッチャー、高校ではショートを守っていたらしい。同じ高校で四年先輩の室田さんによると、

「野々宮の打撃センスは抜群で、甲子園に出ていればひょっとするとひょっとする逸材だったんだけど、何しろ彼の代は投手陣が手薄で、とてもじゃないが過酷な東京大会を勝ち進めるチーム力はなかったんだよ」

ということだった。

予選落ちを重ねるチームではあったが、龍一は三年間レギュラーで通し、二年生からは四番を任されていたのだという。

その日の試合でも彼はホームランを打った。しかも二打席連続で、一本はあわやフェンス越えかという特大の一発だった。

素人《しろうと》目にも七番に置いておくのはもったいないような力量に思えたが、彼はホームランを打ってもそれほど嬉しそうな表情を見せるでもなく黙々とベースを一周し、出迎えたチームメートに頭や肩を叩かれると、少しばかり迷惑そうな様子を滲ませるのだった。

わたしは球場で一目見た瞬間から、彼のことが気になっていた。

それは、疋田と初めて顔を合わせたときとよく似ていた。

試合後の飲み会に誘われて参加した。龍一がいなくてもそうしただろうが、彼の存在を知って本気度は急上昇していたのだ。

会場は京急線の「青物横丁《あおものよこちょう》」駅の近所にある居酒屋で、参加したのは八人ほどだった。室田さん、というより「八潮パイレーツ」御用達の店で、試合が終わるとおおかた打ち上げはその店と決まっているようだった。

三十代は室田さんと龍一だけで、あとは全員二十代。飲み会は最初から大盛り上がりだった。

わたしは自分から龍一の隣に座った。自己紹介すると、

「室田さんから聞いています」

と言われたので意外だった。試合前は誰ともやりとりを交わさなかったし、室田さんもわたしをみんなに紹介するようなことはしなかったのだ。

「今度、お店にも一度遊びに来て下さい」

「はい」

彼は素直に頷き、これもちょっと意外な反応だった。

キャバ嬢時代や半年のスナック勤めで、その種の店に通う男の傾向はよく分かっていた。龍一は、そうしたタイプの男たちとは正反対に見えたのだった。

「室田さんが、野々宮さんはもしかしたらプロでやれたかも知れないって言っていましたよ」

と言うと、龍一は、

「そんなのあり得ないですよ。大会に出たら僕より凄い選手が山のようにいましたから」

とあっさり否定し、

「でも、野球をやっているのが好きだったんです」

過去形で言った。

「いまもなんでしょう？」

「いまはそうでもないですね。高校を出るとき未練なくやめたんで」

彼は少しばかり苦笑するような表情を作り、

「でも、仕事以外にすることもなくて、室田先輩にいつもそんなんじゃダメだって怒られてるんです。それでときどき今日みたいに試合に出させて貰っているんです」

と付け加えたのだった。

その日はそれ以上の会話はなかった。

龍一は高校を出ると都内の工業専門学校の材料工学科に進学し、卒業後は「川崎《かわさき》ゴム化成」というゴム成形の専門メーカーに就職していた。

ゴム成形とは文字通り、ゴムを金型などで特定の形に加工することだが、そうやって作られたゴム製品は、自動車、医療機器、産業機械などの部品に幅広く用いられている。

「川崎ゴム化成」はそうした専門メーカーの中では最大手の一つで本社工場は川崎にあり、彼はそこに勤務していたのだった。

ただ、龍一の得意分野は、いわゆる「ゴム成形」ではなく、金属を腐食から守るために各種金属材料や配管、貯蔵タンクなどにゴムを貼り付けたり、焼き付けたりする「ゴムライニング」と呼ばれるものだった。彼はその専門技術者として会社のゴムライニング部門を十数名の同僚たちと共に牽引する立場だったのだ。

知り合ったときわたしは二十五歳になったばかり。龍一は三十一歳。すでにベテランエンジニアの一人であった。

それからしばらくすると龍一はちょくちょく「あずさ」に顔を出すようになった。もともと京急線で「青物横丁」から「京急川崎」まで通っていた彼にとって、鮫洲の「あずさ」はごくごく身近な店でもあった。「あずさ」から住まいのある「八潮パークシティ」までは「かもめ橋」を使えば徒歩でも二十分足らず、自転車なら十分もかからない距離だったのである。

二ヵ月も経つと店の外でも会うようになり、そこから男女の関係になるのは早かった。週末は、わたしが住む大井町の部屋に泊まり、月曜日はそのまま会社に行くのが常態化していった。

十二月には幸を紹介され、年末年始は「潮入北第一ハイツ」で三人で過ごした。その時点ですでにわたしたちの結婚はほぼ確定的になっていた。

短大時代に渋谷のキャバクラで働いていたことはもちろん最初に打ち明けた。叔母のスナックを手伝っているのも、そうした酔客相手の経験があるからだと話すと、

「じゃあ、志乃さんはお酒が好きなんだ」

龍一の感想はそれだけだった。

あとは何も言わなかったし、何か訊いてくることもなかった。

実母の美保子との確執についても詳しく話した。というのも、幸に引き合わせる前に、「できれば先に志乃さんのご家族に挨拶したい」

と彼が言い出したからだ。

そんな必要はないと理解して貰うためには自分と家族との関係をしっかり説明する必要があった。

話を聞いた龍一の感想はさっぱりしたものだった。

「今後も、そんな母親にかかずらう必要は一切ないよ。自分の人生、それほどヒマじゃないからね」

彼はそう言い、

「うちの父親だって僕とおふくろを捨てるには、それなりの理由があったんだと思うよ。その部分をあれこれ疑ったり憎んだりしたところで意味はないんだ。別にいまさら彼を見つけ出して問い詰めたいとも思わない。この歳になって、これはこれで自分の人生だと納得しているからね」

と付け加えた。そしてさらに、

「切れた関係のほとんどは修復する必要がないんだよ。そもそも、大事な人間関係なんて一生のうちで一つか二つで充分なんじゃないかな。あとは一期一会で一括《くく》りにしちゃっても全然構わないんだ」

と重ねた。

わたしは、その彼の一言に蒙を啓かれるようなすがすがしさを覚えたのである。

17

二〇一五年（平成二十七年）八月二日日曜日。

わたしたちは東京ドームへ野球観戦に行った。

巨人対中日のデイゲーム。

龍一はもちろん巨人ファン。わたしには、セパ両リーグ合わせても別にファンと言えるほどのチームはなかった。

ただ、当時は球界一のイケメンとして名を馳せていた浅尾拓也《あさおたくや》がまだ中日で投げていて、彼のことは好きだったので、この日の試合で浅尾が投げたらいいのにな、と思いながらドームに出掛けたのは憶えている。

龍一はすでに「八潮パイレーツ」からも身を退き、自分でプレーすることはなくなっていた。結婚して四年目にはゴムライニング事業部の「製造チーム長」に就任し、休日勤務が増えたため日曜日の試合に出場するのはそもそも無理な状態になってしまったのだ。

その分、野球観戦には熱が入るようになり、幸も大のジャイアンツファンだったことから三人でたまに球場に足を運ぶようになった。

むろん三度に二度はわたしたち夫婦だけだった。

幸が気を遣ったというより、在宅介護の仕事をしている彼女とは休みを合わせるのが難しかったのだ。

その日も幸は仕事で、わたしたちだけでの観戦だった。席はいつもの一塁側内野席の中段あたり。

ゲームが動いたのは五回表。中日の杉山《すぎやま》が巨人先発の田口《たぐち》からツーランホームランを放って均衡が崩れた。

五回表がこの二点で終わり、裏の巨人の攻撃に入る直前、

「ちょっとトイレに行ってくる」

と言って龍一が席を離れた。

五分ほどで戻ってくると両手に新しいビールを持っていて、片方のカップを渡してくれる。

結局、巨人の五回の攻撃はヒット一本で終わり、六回表、ふたたび中日が今度は連打で二点を奪い取ってしまった。

「かったるい試合だな」

四点目が入った瞬間、龍一がぼそっと呟いたのをはっきりと憶えている。

そういうぶっきらぼうな物言いは滅多にしない人だった。

六回裏の巨人は一番から始まる好打順だった。一番、二番は凡退したが、三番の坂本《さかもと》がヒットを放ち、この日の四番は長野《ちょうの》だった。

坂本のレフトヒットに一塁側が大いに湧き、わたしも中腰になって歓声を送った。

シートに座り直して、

「ねえ、長野、打ってくれるかなあ」

隣の龍一に声を掛けて初めて異変に気づいたのである。

その後の記憶はいまでもはっきりとはしない。

首を折って深く俯《うつむ》くような姿勢でじっとしている彼を見て、咄嗟に自分はどう思ったのか？　声を掛けたのか、それともすぐに身体を揺すったのか？

ちっとも憶えてはいない。

ただ、どこまで真実かは分からないが、わたしは隣の席でうなだれている龍一を一目見た瞬間、彼がもうこの世界にいないのを察知した気がする。

抜け殻だけになって、その本体がどこか遠くへ飛んで行ってしまったのをわたしは明確に意識したように思う。

死因は、「急性肺血栓塞栓症《はいけつせんそくせんしょう》」。

龍一は何も告げず、何の予兆もないままにこの世を静かに去って行った。

いまにして振り返れば、それはいかにも彼らしい死に方ではあった。

18

野々宮志乃と「宝田水産」で寿司を食ってから半月ばかり、俺はずっと自己嫌悪に陥っていた。

「隠れ美人捜し」が趣味だなんて、どうしてあんな馬鹿なことを口走ってしまったのか？

そもそもポケモンＧＯになぞらえるなど阿呆《あほ》らしいにもほどがあろう。

「じゃあ、そういう人を見つけたら、片っ端から声を掛けてるんですか？」

志乃は呆れ口調で言い、その通りだと返すとげんなりした様子でハイボールのジョッキを持ち上げていた。

週刊誌の記者時代、グラビア撮影などで女優やモデルたちのプライベートを知悉《ちしつ》していたかのような物言いもすこぶる大袈裟だった。

実際は、撮影スタジオにやってくる彼女たちがいつもスッピンで飾らない服装だったのを見知っていた程度に過ぎなかった。社員編集者でもない俺のような契約記者が彼女たちと深く付き合うなんてあり得ない話だったのだ。

くだらない見栄を張った我が身が、ただ情けなかった。

しかし、何よりまずかったのはそのあとのやりとりだ。

さっさと寿司を食い終わり、俺たちは飲みに専念したのだが、いい加減酒が回ってきたところで、

「箱根さんってよほど目がいいんですね？」

不意に志乃が問いかけてきたのである。

一瞬、彼女が何を言っているのかぴんとこなかった。が、「隠れ美人捜し」を皮肉っているのだとすぐに察した。

「全然ですよ。おまけに最近は老眼もひどいし」

俺は混ぜっ返すように答え、

「ずっと眼鏡《めがね》を使っていたんですけど、こっちに戻ってきたときにやめたんです」

と言った。

「じゃあ、いまはコンタクトですか？」

「いや、裸眼なんです。コンタクトは何度か試したんですが、半日もすると目がチカチカしてきちゃって」

当然ながら志乃が怪訝な顔つきになった。

まずかったのはここから先の俺だ。

「だったらどうして眼鏡をやめたんだって思ってますよね？」

おどけた調子で念を押し、

「自分で言うのも何なんですが、俺、顔が取り柄だと思うんですよ。若い頃はそういうのがイヤで率先して眼鏡をかけてたんですけど、歳を取ってくると他に取り柄がないのが自分でも分かってきちゃって。それで百八十度考え方を切り替えたんです。男だって、顔が取り柄なら、それを大いに活用すればいいじゃないかってね」

と言ってしまったのだ。

いまにして思えば、何と浅はかだったろう。

趣味が「隠れ美人捜し」で取り柄が「見た目」——これでは単なる大馬鹿野郎である。

とはいえ、むかしから自分の容姿に自信があったのは事実だった。この歳になってもダイエットに励んでいるのはそういう理由からでもある。

二十代の頃は周囲からしょっちゅう俳優やモデルになればいいのに、と言われていた。俳優を目指さなかった一番の理由は作家志望だったからだが、あと一つ、子供の頃に大やけどを負い、背中に派手なケロイドが残っているのも大きかった。役によっては裸もさらす俳優稼業は、その傷痕《きずあと》がある限りは無理だと最初から諦めをつけていた。

「だから、女の人たちが真っ先に容姿を褒《ほ》められるのが不快だっていうのは少し分かるんです。でも、最近は俺だって自慢はそれだけと自覚してるわけだし、もう別に遠慮する必要はないって開き直ってますね」

挙げ句、俺はそんな言い訳にもならないようなことまで口にしたのだった。

志乃は俺のふざけたセリフに一切取り合おうとはしなかった。

「じゃあ、箱根さん、いまもわたしの顔とかよく見えないんですか？」

やけに生真面目な口調で訊いてきた。

「そんなことないですよ。近視と言っても、それほどひどくはないんです。老眼がどんどん進んでいるんで、眼鏡を掛けなくなって却《かえ》って楽になったところもあるくらいですよ」

「遠くの景色とかは？」

「ちゃんと見えますよ」

俺が苦笑してみせると、

「そうですか……」

志乃は何か思うところがあるような面持《おもも》ちで呟いたのだった。

あのとき彼女は一体何を考えていたのだろう？

よく分からない。

馬鹿げたことを言う俺をまともに相手にしていなかったのは確かだろう。

それにしても、「かもめ橋」で誘ったとき、なぜ彼女は渋る気配さえ見せずについてきたのだろうか？　挙げ句、自転車に相乗りすると俺の身体にしっかりと腕を回してきた。

あれは一体、どういう風の吹き回しだったのだろう？

いまの俺には人生の目標も目的も何もない。だが、二年前にあの決心をして以来、一つだけ尚一層心がけようと誓ったことがある。

それは、卑しいことはしないというものだった。どんなに勝手わがままに振る舞ったとしても、卑屈で臆病であったとしても、しかし、自身が「これは人間として卑しい行為だ」と見做《みな》すようなことは絶対にしない――俺はそう思っている。

半世紀を生きてきて分かったことがある。

卑しい人間というのは、顔に出る。

たとえどれほど豊かな暮らしをしていても、豪邸に住み、高級車を乗り回し、年中着飾って金目のモノに取り囲まれていたとしても、それでも卑しさというのはどうしたって顔やその人が醸し出す雰囲気に滲み出てくるのだ。

自慢ではないが、俺は週刊誌の記者の頃からそういう卑しさを見抜く目はかなり的確だった。記者時代、数え切れないほどの人間に会い、中には著名人や大金持ちも少なくなかったが、肩書きに関係なく、卑しい人間というのはいた。むしろ有名人の中にはその種の人間が一般よりも沢山いたような気がする。

そして、「こいつは卑しい人間だな」と俺が直感した連中は、やがて何らかの不祥事を引き起こして表舞台から退場するのが常だった。政治家しかり、企業人しかり、芸能人しかり。

俺自身もいままで何度か卑しい顔になったことがある。

美也子と付き合っているときがそうだった。

ある日、俺はいつものようにしけ込んだ中洲《なかす》のラブホテルで、洗面所の鏡に映った自分の顔を見て驚愕《きょうがく》した。そこには怯懦《きょうだ》や不安、自信喪失、怠惰といった俺にはつきものの面相が浮かび出ているのではなく、自身の臓物にそれら負の要素を全部ぶち込んで何日も煮染《にし》めたような血なまぐさい卑しさが滲み出ていたのだ。

その瞬間、俺は美也子と別れると決意した。

飲み友達から発展して男女の仲になった彼女とはとにかくウマが合った。セックスも良かったが、何より二人で酒を酌み交わしているときの楽しさといったらなかった。

こっちも惚れていたが、あっちは俺にぞっこんだった。

そんな男に「そろそろ潮時だろ?」の一言で別れ話を切り出されたら、それは彼女だって怒り狂うに決まっている。

だが、そういう当然の成り行きが俺にはまるで読めなかった。やはり当時はどうかしていたのだと思う。

激怒した美也子は一目散に智子のところへと乗り込み、そこからのすったもんだは娘の智奈美も巻き込んで壮絶の一語だった。もう二度と思い出したくもない。

俺は生涯に一度だけ、万引きをしたことがある。

五年で大学を出て飯田橋の編プロに拾って貰い、田所《たどころ》という横暴極める社長から奴隷のようにこき使われている頃のことだ。

あれは編プロ暮らしの二年目。端午の節句、俺の二十五歳の誕生日だった。

丸二日徹夜して、会社のソファで三時間ばかり仮眠を取り、家路についた。頃合いは昼時。祝日の街には人が溢《あふ》れていた。こどもの日とあって家族連れの姿も目立つ。

俺は、このまま戸越銀座の狭苦しいアパートに帰るのがなんだかうんざりで、思い立って飯田橋から総武《そうぶ》線に乗って新宿《しんじゅく》へと出掛けた。

東口を出てヨドバシカメラに向かう。自分のための誕生日プレゼントに電気シェーバーを買うつもりだったのだ。

店はゲーム機やゲームソフトを求めにきた大人や子供たちでごった返していたが、生活家電のフロアは逆にがらがらだった。

髭《ひげ》は大して濃くはないので、それまでは普通のT字カミソリを使っていた。だが、仕事が忙しいと剃《そ》るのがつい億劫になってしまう。いつの間にか髭は伸び、それをカミソリで剃り上げるのは結構面倒な作業だった。

電気シェーバーに替えたいとかねて思っていたのである。

棚にずらりと並んだシェーバーを品定めしていく。ちょっとよさげなものは値段が張った。安月給で年中ピーピー言っている身なので、一番安い商品を手にしてレジカウンターへと進んだ。

と、そのとき目の片隅に美しいブルーの細身のシェーバーが見えたのだった。

俺は足を止め、三段の棚に所狭しと陳列されているお試し用のシェーバーの中からそのシェーバーを取り上げた。持っていた安物の箱は棚の奥に突っ込んでしまった。

値札を見ると三万円を超えている。最上位機種だ。

こんな高級なシェーバーで髭を剃ればさぞかし心地よかろう、と思う。

そう思った瞬間、俺はそいつを上着のポケットに入れていたのだ。

周囲を見回したのはポケットに入れたあとだ。そばに誰もいないのを確認して、ゆっくりとそのフロアから退散したのだった。

アパートに帰り着いて、シェーバーだけではものの役に立たないことに初めて気づいた。それはそうだろう。せめて付属の充電器がなければ長期間の使用は不可能だ。

まあ、使い捨てでも仕方がないか、そう思って万引きしてきたばかりのシェーバーを手に洗面所に入った。洗面台の明かりを灯して、正面の鏡に映る自分を見た瞬間、驚愕した。

見たこともないような醜い顔の男が目の前にいたのである。

不思議と罪悪感は最後までなかった。たかが電気シェーバーの一本くらい盗んだからとてなにほどのことがあろう。だが、いつの間にかそういうことを平気でやっている自分という人間の卑しい姿を鏡の中に発見して、心の底から怖くなった。

翌日、俺は万引きしたシェーバーを懐に忍ばせて再び新宿のヨドバシカメラを訪れ、開店直後で誰もいない生活家電フロアに上がって、こっそりと同じ棚の同じ場所に件《くだん》のシェーバーを戻したのだった。

俺が野々宮志乃の万引きについて何も気にならなかったのは、彼女の顔がちっとも卑しく見えなかったからだ。

何かの弾みで彼女はケチャップを一本コートのポケットに入れたが、それはそれだけのことでしかあるまい。

理由は千差万別だが、人生にはそういうことをやらかしてしまう場面が必ず訪れる。歩いていてちょっと蹴躓《けつまず》いたり、ふとよそ見しているうちに手の中のものを落としたりこぼしたりするように、人はときどき普段は決してやらないことをやってしまう。

志乃の万引きはきっとそのたぐいのものに違いなかった。

俺が二十五歳の誕生日にシェーバーを盗んだときとは事情が全然異なる。何となれば、あのときの俺は人間としての尊厳をあやうく失いかけていたのだから。

19

二月三日金曜日。

長谷川は午後二時過ぎに戸越銀座の事務所にやって来た。前日、

「明日、ちょっと顔を出すから」

といきなり電話してきたのだが、俺としては否とは言えなかった。

長年の付き合いだから、こっちの気持ちを充分に察してのことだと分かっていた。

とはいえ、いまの時点でわざわざ上京してくるというのは予想外ではあった。

機先を制する——相変わらず鋭い直感の持ち主だと舌を巻くしかない。

長谷川純志郎とは大学時代、弓道の授業で知り合った。

「ねえ、どうやったらそんなにバシバシ当たるんですか？」

弓道場で矢を射ていると彼の方からそう声を掛けてきたのだった。

俺は子供の頃から運動は不得手だったが、なぜか射的のたぐいは上手だった。縁日のそれだけでなくモデルガンを使って遊ぶクレー射撃ゲームや戦争ゲームも得意で、ゲームセンターに行けば決まって最高点を叩き出した。ついでに言うとボーリングもかなりの腕前だった。

大学に入り体育の授業を選択するときに「弓道」にしたのもそうした下地があったからで、案の定、基本動作を習い終えていざ実射に入ると俺の矢は「バシバシ」と霞的《かすみまと》に的中して、

授業の助手役を務めている弓道部の部員からさっそく入部を勧められるほどだったのだ。

多くの学生が俺の射《しゃ》に目を見張っているのは感じていたが、そんなふうに直接話しかけてきたのは長谷川一人だった。

それが縁で彼と親しくなった。俺は文学部だったが、長谷川は俺が不合格だった政治経済学部で、郷里は福岡。福岡市内の高校から進学のために東京に出てきていた。

彼の出た高校は進学校であると同時にラグビーの強豪校としても全国的に知られていて、俺も校名くらいは知っていた。長谷川は、そのラグビー部でキャプテンを務め、高二、高三と続けて花園《はなぞの》にも出場していた。ポジションはフランカー。

「なんでラグビーやらないの?」

初めての飲みの席でそういう経歴を聞いたあと、俺は訊ねた。

「やるつもりで来たんだけどね」

長谷川は言い、

「花園で当たったチームのフランカーがいたんだ。新入部員紹介のときにそいつの顔を見つけてやめたんだよ」

「どうして?」

「そいつ化け物でさ、あんなのがいたら俺が幾ら頑張ってもレギュラーは無理だからね」

「そうなんだ」

「ああ。一緒にやっていたら、俺はグラウンドでそいつが走るのを見つめながら、どうか一日も早く大怪我をしますようにって毎日祈ることになるからね。そんなの間違っているだろう」と話したのである。

長谷川は四年できっちり卒業すると大手の広告代理店に入社した。俺は週刊誌のしがない契約記者だったが、彼は順調に出世していった。ところが「週刊時代」が休刊の憂き目に遭い、俺がフリーになってあがき始めた二〇一一年（平成二十三年）の夏、長谷川も突然会社を辞めて郷里の福岡に帰ってしまったのだ。

俺たちがちょうど不惑を迎える年のことだった。

長谷川が会社を辞めたのは仕事上の理由ではなかった。

前の年に両親が相次いで亡くなり、それまでずっと二人が面倒を見ていた長谷川の妹を彼が引き受けなくてはならなくなったからだ。

妹は長いあいだ重い精神疾患を患い、一人で生活するのは到底不可能な状態だった。

妹との同居を始めながら、長谷川は、会社時代のコネを使って福岡でＰＲ会社設立の準備に入った。そして、あるとき俺に一緒にやらないかと持ちかけてきたのだった。

俺は縁もゆかりもない博多に移るのは気が進まなかった。だが、智子の方がもともと熊本の出だったこともあって移住に乗り気になった。

共同経営となれば出資も折半が原則で、そうなればなけなしの貯金を全部はたくような結果になる。

「幾ら長谷川だって何十年ぶりの出戻りなわけだし、会社が軌道に乗るかどうか五分五分だろ。もしもダメになったら俺たちは福岡で路頭に迷うことになる」

俺が言うと、

「そんなのやってみなきゃ分からないでしょ。来年智奈美も小学生なんだし、この東京でずっとフリーでやっていく方がよほどリスクが大きいよ」

智子はそう言って強く俺の背中を押したのだった。

長谷川は一人でやってきた。

もしかしたら「団子の鬼」の鬼塚社長も一緒かもしれないと思っていたので、俺の予想は外れてしまった。

「昼飯は？」

訊くと、

「飛行機に乗る前に軽く食べたから」

ジーンズにポロシャツ、ダウンジャケットというラフな恰好の長谷川が言う。

「じゃあ、近所でコーヒーでも飲むか」

「いや、ここでいいよ」

長谷川は事務所の隅に置かれている応接セットの方へ向かうといつもゲスト席にしている壁際の二人がけのソファに腰を据える。

俺はコーヒーメーカーのポットから二人分のコーヒーを淹れて、片方のマグカップを彼に手渡しながら向かい側のソファに座った。

ダウンを脱いだ長谷川が、マスクをポロシャツの胸ポケットにしまって、コーヒーに口をつける。

俺も自分の分を一口飲んだ。

「さっそくなんだけどさ」

長谷川が切り出した。

「坪倉君の後任は赤星君《あかぼし》という人に決まったよ。昨日、鬼塚社長から連絡が来た。で、赤星君は来週後半にはこっちに来られるらしい。坪倉君には社長の方からすでに連絡済みで、この週末に部屋を空ける約束になっているんだそうだ。だから、とりあえず赤星君には坪倉君の使っていた部屋に入って貰うことになる」

早口で長谷川は言うと、

「というわけなんで、赤星君の受け入れの方、よろしく頼むよ」

と小さく頭を下げた。

俺は黙って、長谷川の顔を見つめる。長谷川は手元のカップを持ち上げ、もう一口コーヒーをすすると再び口を開く。

「電話でも言ったとおりで、今回の件は鬼塚社長も充分に納得してくれているんだ。もちろん鎌田さんとのコンサルタント契約も継続でOKということになった。社長も、今回の一件は鎌田さんの言うように前向きに捉えた方が得策だと判断したみたいなんだ。先週、佐賀で会ったときも、『だんご弥助《やすけ》』とはウインウインの関係を築きたいって言ってたよ」

「その話はこの前、聞いたよ」

俺は言う。

「要するに鎌田さんのやりたい放題のゴネ得ってわけだろ」

と付け加えた。

「やりたい放題ってのは大袈裟だろう。そもそも坪倉君が転職したがっているのを鎌田さんが知って、それで始まった話だからね」

「それは違うよ。坪倉は鎌田さんに因果を含められて、そういう物言いをしてるだけさ。言い出しっぺは絶対鎌田さんだよ。坪倉は説得されて今回の転職話に乗ったんだよ」

数日前の電話と同じようなやりとりを俺たちはしていた。

あのときの俺の物言いにきな臭いものを感じて、勘のいい長谷川はいまこうして俺の目の前に座っているのに違いない。

「なあ、勇」

長谷川が肩の力を抜いたような雰囲気を作って言う。

「もう、そんなのどっちだっていいじゃないか。坪倉君が言い出しっぺだろうが鎌田さんが持ちかけた話だろうが、結果的には坪倉君は弥助に移って、代わりに佐賀の赤星君がこっちに出てくることで決着がついたんだ。それで鬼塚さんも納得しているんだから、もうこれ以上この話を引きずる必要はないと俺は思うよ」

「鎌田さんや坪倉の裏切りをすんなり認めるなんてのは愚の骨頂だよ。鬼塚さんも何をびびってるんだか」

俺は言う。

「そりゃ、鬼塚さんだって内心は面白くないだろうさ。だけど、全国的に有名な経営コンサルの鎌田さんをここで敵に回しても仕方がないと割り切ったんだよ。そもそも子飼いの部下だったはずの坪倉君に愛想を尽かされたのは鬼塚さんの不徳の致すところでもあるしね」

「うーん」

俺は腕組みをして、顔を上向け、事務所の煤《すす》けた天井を睨んでみせる。

20

事の発端は、鬼塚さんから来た一本の電話だった。電話があったのは先月の半ば、まだ「ユトリア」でのフードトラックによる試験販売が続いている最中で、野々宮志乃と寿司を食った日から数日も経っていなかった。

「箱根さん、昨日、跡地から電話を貰って知ったんですが、うちの坪倉がよその店に移るっていうのは本当ですか？」

いきなり鬼塚さんに言われて、俺は面食らうしかなかった。そんな話は聞いたこともない。

「なんですか、それ。そんなことあるわけがないじゃないですか」

当然、言下に否定する。

だが、そのあと鬼塚社長の語った話の内容はかなり具体的なものだった。

跡地さんが言うには、戸越銀座店の坪倉店長が川越発祥の団子屋「だんご弥助」の東京進出一号店の店長として引き抜かれることになっていて、しかも、坪倉店長を「だんご弥助」に誘ったのはあの鎌田常臣さんだというのである。

「いやあ……」

俺は絶句するしかなかった。

そもそも鎌田さんは「団子の鬼」とコンサルタント契約を結んでいるのだ。その彼がようやく東京進出を果たしたばかりの一号店の店長を同業他社に引き抜かせるなど起こり得るはずもない。

むろん、コンサルタント契約書にも「利益相反行為の禁止」は明記されている。

「あり得ないでしょう。少なくとも鎌田さん云々《うんぬん》は跡地さんの勘違いですよ」

俺が言うと、

「だけど、跡地は坪倉から直接その話を聞いたと言っていましたよ。鎌田さんに口を利いてやるから、よかったらお前も一緒に来ないかと誘われたとまで話していたんです」

普段は穏やかな鬼塚社長が険しい口調でそう付け加えてきたのだった。

俺は狐につままれたような心地のまま、

「分かりました。僕も跡地さんや坪倉さん、それに鎌田さんからも詳しい話を聞いてみます。申し訳ありませんが数日、時間を下さい。きちんと調べてご報告させていただきますから」

そう言って電話を切るしかなかったのである。

翌日、俺は「八潮パークシティ」の「ユトリア」に行って、フードトラックにいた跡地さんを昼飯に誘った。「ユトリア」一階に入っている蕎麦《そば》屋で彼女の話を聞く。

跡地さんの話は鬼塚社長に聞いた通りだった。彼女も坪倉店長からその話を打ち明けられたのは五日ほど前だったという。

「二号店ができたら私は一号店には行けないし、坪倉さんが抜けたら、一号店はどうなっちゃうんだろうって思ったんです。坪倉さんは、『そんなのきみが戸越の店長になって、ニューオープンの八潮店は誰か別の人を佐賀から呼べばいいんだよ』って全然気にしていない感じでしたけど」

「しかし、坪倉さんはどうして急に店を辞めたいなんて言い出したんだろう？」

俺が訊くと、

「ずっと東京にいたいんだそうです」

跡地さんが言った。

「坪倉さん、長年付き合っていた彼女と別れた腹いせで、志願してこっちに来たんです。彼、社長のおぼえもめでたかったし。だけど、東京に出てきてみて、もう佐賀には二度と戻りたくないって思ったんだそうです」

「どうして？」

「多分、別れた彼女が年明けに結婚したのが一番の理由なんじゃないかと……」

俺にはよく事情が飲み込めない。

「というのも、彼女の結婚相手がうちの会社の人で、しかも、坪倉さんの親友なんですよ。てか、彼女もうちで働いている人なんですけど」

跡地さんが言葉を足してきた。それでようやく合点がいったのである。

坪倉君が跡地さんに語ったところによれば、

「いずれ鬼塚社長は僕を佐賀に呼び戻すつもりだと思う。でも、僕にその気はないんだ。それで鎌田さんに相談したら、自分が以前コンサルをやった川越の『だんご弥助』という店がうちと同じように東京一号店を出す準備をしているから、そっちに移ればいいんじゃないかって勧めてくれたんだよ」

ということだったらしい。

俺はこの跡地さんの話を聞いて、いかにも出来過ぎた話だと直感した。

鎌田さんが川越でプロデュースを手がけて超人気店に仕立て上げた団子屋は、「だんご弥助」だった。それもあって俺が話を持ち込んだときに彼は「団子の鬼」のこともよく知っていたし、「団子の鬼」の串だんごを初めて食べた折には、

「この団子は、川越の団子とよく似ているんです。あっさりしているから何本でも食べられる」

と通めいた感想も口にしていたのだ。

そこから浮かび上がる事の経緯は明らかだった。

鎌田さんは「団子の鬼」戸越銀座店の成功をつぶさに目にして、これと同じやり方で「だんご弥助」も東京進出をすれば大当たり間違いなしと踏んだのだろう。で、そのアイデアを「だんご弥助」のオーナーに持ち込み、オーナーを乗り気にさせた。その上で、彼はきっとこう言ったのだ。

「『団子の鬼』の冷凍保存技術は、基本はCAS冷凍なんだけど、そこに独特の工夫を加えているんだよ。ただ、特許は取っていないから誰でも真似をしようと思えばできる。つまり、あの会社の工場でそれなりの経験を積んだ社員を取り込めば明日からでも同じ商売が可能ってことだよ」

そして、嬉野の本社工場で数年の勤務経験がある坪倉店長を引き抜こうと弥助のオーナーに自分から提案したのに違いなかった。むろん、坪倉店長が東京にずっと住みたがっているという話はすでに本人から聞き及んでいたのだろう。

ちなみにCAS冷凍の「CAS」とは、「Cells Alive System」の略で食品の細胞を生きたまま冷凍する最新冷凍技術のことだ。「CAS」は食材を均等に温める電子レンジ技術を応用して確立された〝食材を均等に冷凍する技術〟で、大和田哲男《おおわだのりお》という日本人技術者が編み出した画期的な冷凍法なのである。

「団子の鬼」が嬉野工場に導入しているのも、その大和田が開発したCAS冷凍装置だった。

跡地さんと会った二日後、俺はアポを取ったうえで赤坂見附にある鎌田さんの事務所を訪ねた。

鬼塚社長や跡地さんから聞いた話を伝えて、〝坪倉引き抜き〟の件を率直に質すと、鎌田さんは最初から、「それがどうした」という様子で、そういう彼の態度に接するのは初めてだった。

「引き抜きなんて、そんな大層なものじゃないよ」

開口一番、そう言って苦笑いを浮かべ、

「同じ業界だし、『だんご弥助』の社長に戸越銀座店の繁盛振りを話したら、社長の方から『実は、うちも東京に出たいとずっと思っていた』という話があったんだよ。それだったら同じようなやり方で出てみればばって勧めただけで、だけど、東京の西は『団子の鬼』がこれから店舗を広げていく予定だから、おたくがやるんだったら東から始めた方がいいよってアドバイスしたくらいだよ。それで、弥助はまずは北千住《きたせんじゅ》に一号店を出す予定になっているんだ」

と言った。

「しかし、目下『団子の鬼』の二号店の開店準備が進んでいるときに、別の団子屋の東京進出のプロデュースを買って出るというのはルール違反でしょう。まして、一号店の店長をそっちに引き抜くというのはクライアントである鬼塚社長への明らかな背信行為なんじゃないですか」

俺は、ひゃらひゃらとした鎌田さんの態度が最初から気に食わなかった。

「背信行為とは、これまた失敬な物言いだね」

鎌田さんもムッとした表情になる。

「坪倉君を引き抜こうなんて考えはまったくなかったんだよ。ただ、何かの機会に弥助の東京進出の話をしたら、『その店のだんごなら食べたことがあります。こっちに出てきたとき評判を聞きつけて川越まで食べに行ってみたんです』って彼の方から言ってきて、『僕はこっちでずっとやっていきたいんで、その東京店を、よかったら僕にお手伝いさせて貰えないですか』って自分から頼んできたんだよ」

「それにしたって、そんな彼の希望をすんなり聞き届けて、弥助側に話を通すってのはあり得ないでしょう。利敵行為と言われても仕方がないと思いますよ」

「箱根さん、それは全然違うよ」

鎌田さんは小さく溜め息をついて言った。

「第一に職業選択の自由は誰にでも保障されている権利だろう。それに、坪倉君のように別の会社の門を叩きたいと思っている人をずっと戸越店の店長に据えておくのも会社的に問題ではあるよね。しかも、だんご業界なんて小さな業界だからね。互いの店が敵視政策をとるのではなくて、一致団結して業界全体を盛り上げていくのが繁栄の近道なんだ。だとすると、今回の『団子の鬼』の東京進出を契機として、そのノウハウをいろんな団子屋に提供して、各店それぞれが切磋琢磨する形で市場を拡大していくというのは非常に重要なことだよ。僕だって、そう思ったからこそ、鬼塚さんのところは東京の西を、弥助の市村《いちむら》社長のところは東を中心に店舗展開をしていけばいいと考えたんだ。もちろん市村さんにもその話はちゃんと通してあるしね」

「そうは言っても、結局、鎌田さんは、坪倉君の雇い主である鬼塚さんには何一つ仁義を切らずに彼を弥助に移し替えようとしたわけじゃないですか。それって闇討ち同然のやり方でしょう？　およそ契約を結んでいるコンサルのすることじゃないですよ」

「そんなことはないよ。仮に鬼塚さんの会社が団子の冷凍保存技術で何らかのパテントを取得しているというのなら、それは話が別だよ。だけど、彼が嬉野工場でやっているのはＣＡＳ冷凍機を使った冷凍保存法に過ぎないからね。坪倉君の希望を叶えて転職させるからと言って何もわざわざ鬼塚さんに仁義を切る必要はないだろう？」

「必要は大ありでしょう。彼は東京進出一号店の店長なんですから」

「だけど、僕がそうやって社長に一言入れたら、坪倉君の立場が困ったことになる可能性だってあったからね。だから、坪倉君だって弥助に移ると正式に決まってから鬼塚さんには報告するつもりだったんだと思うよ」

「パテントを取ってるわけじゃない、と言っても、鬼塚さんのところの冷凍保存法には独自のノウハウがあるんです。そんなことは鎌田さんが一番分かっていることですよね。いや、だからこそ弥助のために工場勤務の経験がある坪倉君を引き抜こうとしたんじゃないんですか？」

「箱根さん、それは大いなる誤解だよ。僕はあくまで『団子の鬼』と『だんご弥助』がこの東京でウインウインの関係で伸びて行ければいいと願って仲介の労を取っているだけだからね」

「鎌田さんのやり口を見る限り、その言葉をとても額面通りには受け取れないですね。僕としては今回のプロジェクトに鎌田さんを誘い、鬼塚さんの会社とコンサルタント契約まで結ばせてしまったことを激しく後悔しています。いまのあなたのインチキくさい説明を聞いて尚更そう思いましたよ。だから、鬼塚さんには即刻契約を解除するよう、これから事務所に戻って進言するつもりです」

鎌田さんはやけにとんがってるね。プライベートで何かあったの？」

鎌田さんはからかうように言い、

「まあ、きみがおたくの社長って訳じゃないしね、そんなふうに喧嘩腰でくるのであれば僕にも考えがあるよ。まずは長谷川社長ともしっかり話して、僕の真意を改めて説明し、一切悪意がなかったということ、にもかかわらず社員のきみがここまで無礼な態度を取ったということを伝え、その上で会社としての適切な措置を求めさせて貰うよ。それにしても、インチキくさいとはよくも言ってくれたね。きみのその言葉は一生テイクノートしておくからね」

と凄みをきかせてきたのだった。

「鎌田さん、俺の方こそあなたを見損ないましたよ。俺はいままであなたみたいにエラそうな口を叩きながら、その一方でせこくてインチキくさいことを平気でやらかしている連中を大勢見てきたんですよ。もうそんなのはうんざりなんです。俺はね、こんなインチキが堂々と罷《まか》り通っている世の中に吐き気がするくらい嫌気がさしているんですよ」

俺はそう言い捨てて、鎌田さんの事務所を後にしたのだった。

21

「鎌田さんとの付き合いは俺が引き受けるよ。三年経ったら契約更新はなし。それでいいだろう？」

長谷川は言った。

「もとから月三万円の契約なんだ。今回のことで契約違反だと訴えても仕方がないし、意味もない。そもそも鬼塚社長自身が、鎌田さん相手に訴訟を起こすなんて考えてもいないんだ」

と付け加える。

俺は天井に向けていた顔を長谷川の方へと戻す。

「悪かったと思っているよ」

と小さく頭を下げた。

「俺があんな奴を連れて来たんだからな」

「そんなことないさ。一号店出店ではずいぶん力になってくれたんだから。充分に元は取ったと思うよ。鎌田さんがヘンな色気を出してしまったのも、一号店が彼にとっても想像以上にうまくいったからだろうしね」

俺は黙って長谷川を見る。

「だからさ、お前もうちを辞めるなんて言い出さないでくれよな」

困ったような顔を作ってみせた。

今日、上京してきた目的がそれであるのは最初から分かっていた。先日の電話でのやりとりの中で会社を辞めるとは一言も言わなかったが、長年の付き合いの長谷川には感じるものがあったのだろう。だから、慰留のために彼はわざわざやって来たのだ。

「この前会ってみたら、鎌田さんが嫌な顔をしてたんだ」

俺は言った。

「嫌な顔？」

長谷川が怪訝そうにする。

「ああ。いやーな卑しい面相だったよ。これまでそんなふうに見えたことはなかったんだけどね」

長谷川は俺が何を言いたいのか分からないようだった。

「それでね」

俺は言葉を続ける。

「彼と会って事務所に戻った後、気になって自分の顔を鏡で見てみたんだ。そしたら、俺も嫌な顔になっていた。だからメールで報告するつもりだったのをやめて、すぐに鬼塚さんに電話したんだ。鎌田さんとは即刻手を切ることにしようってね」

長谷川が、なんだそういうことか、といった表情になっている。また俺の悪い癖が出たという感じだった。

俺は構わず続けた。

「鬼塚さんも同意してくれた。コンサルタント契約を破棄しようって。ところが数日経ったらお前から連絡が来て、少し待ってくれって話になった。そして、いつの間にかいまみたいな話にすり替わってしまった」

俺は、小さく首を回した。このところやけに肩が凝っているのだ。

「長谷川、やっぱり俺はもうこの会社では働けないよ。このまま東京事務所を続けるなら誰か違う人間を雇ってくれ。『団子の鬼』は今後も順調に店の数を増やしていける気がするから、ここは維持した方がいいと思う。だけど、俺は降りるよ。鎌田さんとの関係を切らないのなら、そっちの方がお前にとっても都合がいいだろう」

「勇、そんなこと言うなよ。うちはお前と俺で起ち上げたんだ。社名だって二人の名前をがっちゃんこしたんだぞ。いまは俺一人の会社になったけど、とはいえ、いずれお前にもまた株を持って貰おうと考えている。短気を起こさないで、大人の分別ってやつを見せてくれよ。今後は鎌田さんとは、お前は一切関わらなくていいんだからさ」

長谷川が言う。さすがに真剣な面持ちだった。

そんな彼を見ながら、俺は申し訳なく思う。

美也子はもとは長谷川の彼女だった。それがいつの間にか俺の女になっていたのだ。

そうなったあとも長谷川は何も言わなかった。

長谷川の妹は、彼が福岡に戻って三年目に自らいのちを絶った。長谷川と俺が会社を起ち上げて忙しくしている最中のことだった。

「何のために会社を辞めて博多に戻ってきたのか、これじゃ分かんないだろう」

そう言って、すっかり仕事の意欲を失くした長谷川を俺は必死になって支えた。

その当時、彼と付き合っていたのが美也子で、俺たちは共同戦線を張って長谷川を見張ったのだ。一時期は、死んだ妹の後でも追いそうなくらい崩れていたからだ。

長谷川と俺には深い因縁があるとずっと感じてきた。彼も同じだろう。

好悪の感情や利害得失とは別次元できつく結ばれた運命的な関係というものが人生には一つや二つは必ずある。

目の前の長谷川と俺との関係はまさにそういうものだった。

「純志郎」

俺は久しぶりでその名前を口にした。会社の株をすべて譲ったとき、雇い主となった彼を下の名前で呼ぶのはやめたのだ。長谷川もそれには当然気づいているだろう。

「俺はもう、自分のやりたいようにやりたいんだ。矛盾するような言い方だけど、他にやりたいことは一つも残っていない。だから、お前の気持ちは本当にありがたいけど、今回は身を退かせて貰うよ」

俺は言った。

22

一月十六日月曜日。

今日も幸が夜勤なので、わたしは六時に仕事を終えるとアトレ大井町の二階にある惣菜《そうざい》売り場に出掛けた。今夜は一人だから何かおかずになるものを買って帰るつもりだった。

去年の十二月くらいから急に幸の夜勤の日が増えた。

それまでは月に一度くらいだったのが、週に一度になり、今年に入るとさらに頻度が上がっていた。

勇と食事をしたのは五日前で、あの日も幸は泊まりの夜勤だった。今夜は泊まりではないらしいが、それでも電車の走っているうちには帰れないらしい。

「夜勤はあんまりやらない方がいいよ」

ずっとわたしは言っているのだが、

「とにかく人手不足がひどくってさ。補充が遅れてるんだよ。施設長もそれで頭を抱えているから手を貸さないわけにもいかなくってね」

幸はそういうときも施設長のことを持ち出す。彼の名前は恩田明《おんだあきら》。今年五十六歳だというから幸より十七歳も年下だった。一度も会ったことはないが、まだまだ元気な年齢なのだし、幸のような年寄りにそうやって負担を掛けている男が、「ちょっと優し過ぎるところがある」とは、わたしにはあんまり思えない。

惣菜コーナーにある「神戸コロッケ」でひれカツにしようかミンチカツにしようかと迷っていると、

「志乃ちゃん」

と背中に声を掛けられた。

振り返ると、福々しい丸顔の女性が笑みを浮かべて立っている。

「こんにちは」

わたしも微笑《ほほえ》み返した。幸が所属している「あおぞら・介護ステーション品川第二」の越水登美子所長だった。

「お久しぶりねえ」

越水さんが親しげな口調で言う。

「はい」

彼女も同じ「潮入北第一ハイツ」の住人だった。わたしたちは65号棟だが、越水さんは少し離れた62号棟に旦那さんと二人で住んでいる。年齢は幸より五つくらい下だろうか。お子さんたちはとっくに独立していた。

「いつも母がお世話になっております」

「いえいえ。それはこっちのセリフよ。野々宮さんは、いまじゃうちのナンバーワン戦力なんだから」

そう言いながらわたしの隣に来て、ショーケースに並んだ揚げ物を眺め始める。

「越水さんも今夜はお惣菜ですか？」

「そうなの。旦那がいないから楽しちゃおうと思って」

「そうですか。うちも母が夜勤なんで」

と言うと、

「あら、そうだったかしら」

越水さんがちょっと怪訝そうにする。

「はい」

「そうだ」

そこで彼女が少し声を張り上げた。夜勤のことを思い出したのかと思ったら、

「ねえ。だったらこれから一緒に上でご飯でも食べない？　日頃おかあさんにお世話になっているから、代わりにと言ったらなんだけど志乃ちゃんにご馳走させて貰うわ」

と言う。

「いいんですか？」

いまから誰もいない部屋に帰ってご飯を炊くところから始めるのも億劫だな、とふと思う。

「もちろん」

「じゃあ、お言葉に甘えてそうさせていただきます」

「オッケー」

越水さんは例によってとびっきり明るい声を出す。

六階のレストランフロアまでエレベーターで上がり、越水さん曰く「揚げ物つながり」ということで「新宿さぼてん」のレストランに入った。

平日とあって客は半分足らずか。奥の広いテーブル席に案内された。壁側に越水さん、出入り口側にわたしが着座した。

ウエイトレスが水を持ってやってくる。「お決まりになりましたらそちらのボタンを押して……」まで口にしたところで、さっそくメニューを開いていた越水さんが、

「ねえ、ビール飲まない？」

わたしに声を掛けてきた。

頷くと、

「おねえさん、生ビールの中を二杯と、あと、このカリカリじゃこと大根のサラダ、それと串揚げの盛り合わせをお願いね。食事もビールが届いたときに注文するから」

越水さんはてきぱきとオーダーを出す。ウエイトレスが内容を確認して席を離れて行った。

ビールとつまみ二種が届き、越水さんは「ロースかつ御膳」、わたしは「ひとくちヒレかつ御膳」を追加オーダーした。

ウエイトレスが去ったところで、お互いマスクを外して乾杯する。

「おいしい」

ビールを三分の一ほど飲んで越水さんがグラスを置いた。わたしも同じくらい飲んで、グラ

スを手にしたまま、

「ご主人は旅行か何かですか？」

と訊く。

「そう。高校時代のワル仲間たちと鴨川《かもがわ》に一泊のゴルフ旅行。今頃は、ホテルの温泉に浸かって宴会で盛り上がってるところよ」

「いいですね」

「いいんだか悪いんだか」

越水さんはグラスを持ち上げ、またビールをぐいと飲む。わたしはグラスを置いて、じゃこと大根のサラダを二つの皿に取り分けた。串揚げは五本で種類も違うのでそのままにしておく。すると越水さんがオクラの串に手を伸ばした。わたしはれんこんの串を取る。

「私、あの人と一緒になってもう四十五年だよ。この前、数えてみてクラクラしちゃった。よくもまあ、そんなに長い間、同じ人間とずっと暮らせるもんだって、我ながら呆れちゃったわよ」

れんこんの串揚げはさくさくしていて美味しい。

「四十五年なんて、凄いですね」

一本ぺろりと平らげて、わたしは言う。

「志乃ちゃんと龍一君は何年だったっけ」

「結婚して十一年でした」

「そっか。十一年はちょっと短いかもね」

「そうですね」

「亡くなって七年？」

「今年の八月で八年です」

「もう八年かあ」

こういう遠慮のない物言いが気楽だった。

龍一の葬儀の日、越水さんは会葬者のなかで一番くらいに泣いてばかりだった。龍一が中学に上がる前からの近所付き合いで、中学、高校の頃はときどき越水家でご飯を食べさせて貰うこともあったという。まさに親戚以上の関係だったのだ。

串揚げはささみ揚げを越水さんが食べ、あとの豚とタマネギ、カマンベールチーズはわたしが食べた。

二人ともビールグラスが空になったところで、食事が届く。

「瓶にしようか？」

言われてまた頷く。越水さんが瓶ビールを一本追加した。

ロースカツにソースを盛大に振りかけながら、

「おかあさん、もう事件のことはふっきれた感じ？」

と訊いてきた。

「はい。しばらくは塞ぎ込んでいたし、たまに過呼吸みたいなこともあったんですけど、いまのサニーホームで働くようになってすっかり元気を取り戻したみたいです。それもこれも越水さんのおかげです」

「そうか。それはよかった」

瓶ビールが届き、わたしは箸を動かしている越水さんにビール瓶を差し向ける。彼女が箸を置いてグラスを取り、「ありがとう」と言った。泡が立たないのでぎりぎりまで注いだ。キンキンに冷えている。瓶を持つ手が氷を触っているようだった。

自分のグラスにも注いで、わたしは「ひとくちヒレかつ御膳」に取りかかる。

幸と一緒じゃない日はやっぱり肉が食べたかった。

しばらくお互い、食事に専念した。越水さんはときどき空になったグラスに手酌でビールを注ぐ。わたしのグラスにも注ぎ足そうとするのを「わたしはもう……」と手で蓋《ふた》をして断った。

「志乃ちゃん、熊谷《くまがい》先生のお金のことは知ってるの？」

不意に越水さんが言った。

「熊谷先生のお金？」

何を言っているのか分からなかった。熊谷先生というのは、あの熊谷先生のことなのだろうか？

「じゃあ、おかあさんから話して貰ってないんだね」

わたしと幸が共通して知っている「熊谷先生」といえば、例の事件の被害者である熊谷真一《しんいち》郎《ろう》さんしかいなかった。

幸が長年、ホームヘルパーとして訪問介護に通っていた利用者、熊谷真一郎さんが一人息子の熊谷真介《しんすけ》容疑者に殴る蹴るの激しい暴力を受け、そのときの怪我が原因で一ヵ月後に搬送先の病院で帰らぬ人となったのが去年の三月だった。

しかも、幸はその暴行現場に立ち会ってしまったのである。

幸の目の前で真介容疑者は寝たきりの父親にのしかかって暴行を加えたのみならず、必死の思いで止めに入った幸にも暴力をふるい、結果、幸自身も全身に怪我や打撲を負う羽目になったのだった。

ベッドの上で馬乗りになって殴打を繰り返す相手にむしゃぶりついた幸が突き飛ばされ、腰をしたたかに打って起き上がれない状態になったあとも容疑者は十分近くにわたって父親を殴り続けたという。

父親の叫び声が途切れ、身じろぎもしなくなると彼はふと我に返ったようにベッドから降り、そのまま家を飛び出して、半日後に逮捕されたのだった。

もともと三十年近く引き籠もりだった真介容疑者は、寝たきりになった父親の介護を拒否して数年前から別のマンションで独居していた。むろん生活費は父親からの仕送りに頼っていた。

真一郎さんは広島高等裁判所の長官まで務めた大物裁判官で、退官後は弁護士として数々の大事件の弁護を担当し、弁護士引退後は、八十歳で脳梗塞《のうこうそく》によって身体の自由を奪われるまで公証人として働き続けた人だった。

事件の五年前、八十三歳のときに献身的に介護をしていた細君に先立たれ、そこから先は住み込みのお手伝いさんとホームヘルパーによる訪問介護の二本立てで何とか自宅での暮らしを組み立てていたのだ。

真介容疑者が父親を殺そうと実家に乗り込んできた際に居合わせたのは幸一人だった。これはいつものことで、幸が介護をしているあいだにお手伝いさんは買い物と息抜きを兼ねて外出するのがルーティンになっていたのである。

真介容疑者は、それを充分に知った上で、父親と幸がいる家に殴り込んできたのだ。

警察に通報したのは幸ではなく、帰宅した金井《かない》というお手伝いさんだった。大きな二階家の一階のベッドでぐったりしている熊谷さんと、そばで身動きもならずにうめいている幸の姿を見つけて金井さんは腰を抜かさんばかりに驚いたという。何が起きたのかを幸から聞き出し、警察と消防に通報する。そして、駆けつけた警察官に送り出される形で熊谷さんと幸は救急車で東京品川第一病院に搬送されたのだった。東京品川第一病院は、南品川にある熊谷邸から最も近い総合病院である。

幸は三日間で退院した。傷や痣《あざ》は全身に散っていたものの検査の結果、骨や内臓に何ら問題はなく、退院の日にはもうほとんど痛みも消えていた。担当した医師も、

「よほど鍛えておられるんですね」

と感心しきりだったのだ。

ただ、当然ながら精神的なダメージは大きく、ことに一ヵ月ほどして熊谷さんの死が伝えられてからの落ち込みようは激しかった。そんなとき懸命に幸を励まし、サニーホームへの転職を勧めてくれたのが越水さんだったのである。

「熊谷先生のお金って何のことですか？」

わたしは単刀直入に訊ねる。

「おかあさんが話していないのに、私の口から伝えるのはいけないことかもしれないけど、義理とはいえ娘の志乃ちゃんだから、私の責任で話しておくね。この話は志乃ちゃんも知っておいた方がいいと思うから」

「ロースかつ御膳」をきれいに平らげた越水さんが、残りのビールを自分のグラスに注ぎながら言う。

志乃は箸を置いて、耳を傾ける姿勢をとった。

「実はね、去年の六月に熊谷先生の顧問弁護士っていう人がうちの事務所を訪ねてきたのよ」

「熊谷先生の顧問弁護士？」

「そう。先生の裁判所時代の後輩で、その人も裁判官を辞めて弁護士になったんだって。でね、なぜうちの事務所に来たかっていうと、おかあさんが事務所で会いたいって言ったからだったわけ」

「母が？」

越水さんが頷く。

「要するに私に一緒に話を聞いて貰いたかったみたいなのよ。私の方は事前になんにもおかあさんから説明はされていなかったんだけどね」

「はい」

わたしにはいまだ話の筋が読めない。

「で、何の話かっていうと、実は自分は熊谷先生から遺言の執行人に指名されていて、いま遺産相続の件で相続人に指名されている方を一人一人回っているって言うのよ。そこまで話して、弁護士さんは『この先はできれば野々宮さんと二人だけでお話ししたいのですが……』って言ったんだけど、おかあさんが『いえ、越水さんは私が一番信頼している身内以上の人なので是非同席して欲しいんです』って譲らなかったの。それで、私も一緒に話を聞くことになったのよ」

「ということは、熊谷先生は母を相続人の一人として指名していたってことですか？」

「そうなのよ」

そんな話は幸の口からひとかけらだって洩れたことはなかった。

「それでね、肝腎《かんじん》の遺産の金額を聞いたら、なんと三千万円だっていうのよ」

「三千万円！」

さすがにわたしも声を上げてしまう。

「私たちも、ビックリ仰天しちゃって。ただ、おかあさんの方はどうも私ほどは驚かなかったみたいで、恐らくそういう話だと睨んでいたんだろうね、即座に『そんなお金は一切受け取れません』って言ったのよ。『自分はそういうつもりで先生の介護をしていたわけじゃないし、そもそも遺産の話なんて一度だって聞かされたことはないですから』って。そしてね、隣に座っている私の方へ顔を向けて、『そんなふうに利用者から利益供与を受けるのはホームヘルパーとして禁じられていることですよね』って確認を求めてきたのよ。どうやら、弁護士さんの前でそれを私に言わせるのが最初から目的で、おかあさんは一緒に話を聞いて欲しいと言ったみたいだった」

「で、越水さんは何と言ったんですか」

「法律的にはどうか分かりませんけど、確かにヘルパーが利用者から遺産を相続するなんて話は聞いたことがありませんねって言ったわよ」

「それで?」

「遺言状に基づく相続の権利がいかに法的に強力なものであるかを弁護士さんはかなりしつこく話して、しきりに相続するように勧めていたけど、おかあさんは頑として受け付けなくて、『じゃあ、そこまで仰《おっしゃ》るなら後日、相続放棄の書類を用意するのでそれに署名捺印して下さい』って言って帰って行ったわ」

「ということは、母はその書類に署名捺印して弁護士さんに渡したんですね」

「それは本当にそうしたみたい。私もこのあいだ確認したんだけど」

「そうですか……」

余りにも意想外の話にわたしは頭がいまひとつついていけない感じだった。

どうして熊谷先生は幸に三千万円という大金を相続させようと思い立ったのか？

幸は、なぜそこまで頑なに相続を拒否したのか？

熊谷先生は寝たきりの状態とはいえ意識ははっきりとしていて、判断力も十二分に備えていたと聞いている。おまけに彼は裁判官出身の大物弁護士で、遺言状の執行人に裁判官時代の後輩を指名して遺産相続の手続きを任せているのだ。たとえ利用者とヘルパーとの関係だったとしても法的に見れば相続は充分に可能だろう。

わたしが黙り込んで物思いに耽《ふけ》っていると、越水さんが残っていたビールをきれいに飲み干してグラスを卓に戻し、

「私がどうしてこの話を志乃ちゃんにしたかっていうとね、実は、この話にはまだ続きがあるからなんだよ」

と言ったのだった。

23

箱根勇から電話が入ったのは二月十一日土曜日、この日は建国記念の日で休日だった。

勇とは先月一緒に寿司を食べて以来接点はなかったから、それこそちょうどひと月ぶりの連絡であった。

大井町ガーデン一階にある寿司屋を出るときに互いの電話番号を交換した。

「また食事に誘ってもいいですか？」

と彼に訊かれて、「ええ」と返事した。

だが、この一ヵ月のあいだ梨のつぶてで、わたしの方も幸のことでいろいろあって電話する余裕などまるでなかったのである。

「ご無沙汰してしまいました」

と勇は言い、

「今日か明日、お目にかかれませんか？」

と訊いてきた。

昼休みの時間で、わたしは店の休憩室で持参の弁当を開いたところだった。弁当の蓋を閉じて、

「どっちでもいいですよ」

と答える。

どうせ家に帰っても一人なので夜の時間は幾らでもあった。

「じゃあ、今日の六時過ぎに車で迎えに行きます。ケンタッキー側の出口のあたりに車を駐めておくので、終わったら来て下さい。時間、それで大丈夫ですか？」

「分かりました。六時五分には行けると思います」

「六時五分ですね。了解です。車は青いカローラスポーツです」

そう言って勇の方から電話は切れたのだった。

六時五分ちょうどに大井町ガーデン側の出入り口を出ると、みずほ銀行の向かいに青い車が駐まっていた。運転席の勇がこちらに向かって手を上げている。

通りを渡ってわたしは自分で助手席のドアを開ける。

男の車に乗るなんて、一体いつ以来だろうか？

シートに腰を落としながら、ふとそんなセリフが脳裏を過《よ》ぎった。

龍一はもっぱら自転車で、車は持っていなかった。遠出のときはいつもレンタカーだったのだ。幸も免許は持っているが自転車派で、いまでも電動機付きを乗り回している。わたしもやろうと思えば自転車通勤は可能だったがもっぱらバスだった。

自転車が嫌いというわけではないが、府中に住んでいるときに母の美保子が通勤に使っていた足なので、それを真似たくないという思いが強い。

そうだ。男の車に乗るなんて龍一と最後に伊香保《いかほ》温泉に出掛けたとき以来だろう。

あれは一体いつのことだったか？

すぐには思い出せなかった。

「今日はすみません。急に時間を作って貰って」

勇が小さく頭を下げながら、車を発進させた。

「いえ、わたしの方こそ全然連絡もしなくて……」

「それは、こっちのセリフです」

たくさんの行列ができているバスターミナルの前を抜けて右折すると、車は、「大井町駅入口」の交差点に向かう広い通りへと出た。

「この一ヵ月、いろんなことがあってバタバタで、それで連絡できなくて……」

広い通りへ出たところで勇が言う。

「わたしもです」

即座に返す。

勇がちょっと驚いたようにこちらに視線を向けた。

「そうだったんですか」

「はい」

「じゃあ、今夜はお互い何があったか告白大会にしましょうか」

と言う。

「実は、誰かに話を聞いて欲しくて、それで電話したんです。ももやがお腹の中に溜まってしまって誰にも話せないのがつらくなっちゃって」

ふざけた口調を装っているが本音だと感じた。

「すごくよく分かります」

また即答していた。

勇が案内してくれたのは、目黒の「ロイヤルホスト」だった。

カローラは豊《ゆたか》トンネルをくぐって武蔵小山駅方向へと進み、東急目黒線を越えて円融寺《えんゆうじ》通り経由で目黒通りに入った。目黒駅方面に走って、大鳥《おおとり》神社のバス停あたりまで来れば「ロイヤルホスト」の看板が左側に見えてくる。

ここに「ロイヤルホスト」があるのは知っていた。ただ、わたしは一度も入ったことはない。

店の一階にある駐車場は満車状態だったが、奥に一台分が空いていた。

「この奥はみんな見落としちゃうんですよ。それに丸一日預けても案外安いんです」

そう言いながら、勇が巧みなハンドルさばきで狭いスペースに車を差し込む。

そういえば初めて食事をしたとき、「俺もファミレスはよく使います」と言っていたのを思い出した。このロイホはきっと行きつけなのだろう。

土曜日の時分時とあって店内は混んでいたが、それでも満杯といった感じではない。わたしたちは奥のボックス席に腰を落ち着けることができた。

勇がさっそくマスクを取って、ウエイトレスが持ってきたメニューを開いている。

顔が自慢と言っていたから、彼にはマスクは余計なのだろうか？

飾らない身なりやあけすけな態度からすれば、「顔が自慢」というのも屈折した韜晦《とうかい》なのかもしれない。

わたしはマスクは嫌いだった。せっかく父から譲り受けた顔立ちをマスクで半分も覆うのは勿体ないと当たり前に思っていた。なので、去年の夏にコロナに感染してからはできるだけマスクは着けないようにしている。

感染自体は、一日、二日喉《のど》がいがらっぽい程度で何ということもなく終わった。幸も同時に感染したが、彼女の場合は熱が出て二日ばかり寝込んだ。ただ三日目にはすっかり抜けて後遺症のたぐいもない。どちらがウイルスを持ち込んだのか、はたまた同時に別々に感染したのか、そのへんはいまでも謎のままだ。

「今夜は飲みましょう。車はここに預けて、明日取りに来ますから」

と勇は言い、

「ワインでいいですか？」

と訊く。わたしが頷くと、

「じゃあ、とりあえずはつまみを幾つか頼んでワインで乾杯しましょう」

勇は言って、手元の呼び出しボタンを押した。

「赤ワインのボトル一本とグラス二つ。あとケールのサラダとフライドチキンとソーセージの盛り合わせ、きびなごのフリットを頼みます」

ウエイトレスに手際よく注文する。

どうやら今日は〝ばっかり食い〟ではなさそうだ。

届いたボトルを開けて、赤ワインで乾杯した。

「ワインはデニーズよりこっちの方がずっと美味しいですよ」

一口飲んでから勇が言う。

すぐにつまみの皿も届く。彼が丁寧に小皿に料理を分けていく。取り分けた皿の一つをわたしの前に差し出してきた。受け取ると今度はフォークを手渡してくる。

こんなふうに男に給仕して貰うのは何年ぶりだろう？

龍一はそういうことをしない人だった。そこが疋田とは正反対で、最初はその落差も魅力に映ったのだった。

デニーズのワインは飲んだことがないが、たしかにこのロイホの赤ワインは美味しい。

ワインの穏やかなアルコールが喉、食道、胃へと流れ落ち、じわーっと全身へ染み渡っていくのが分かる。

この三週間余りのあいだに出来《しゆったい》した驚くべき事態に自分がどれほど翻弄され、疲れさせられたのか、いまようやく実感できたような気がした。

「どうしますか？」

空になった自分のグラスに手酌でワインを注ぎながら勇が言う。

「どっちから先に話しますか？」

「じゃあ、わたしから」

わたしはまた即答した。

24

「そりゃあ、実にあっぱれな話だなー」

わたしの長い話を聞き終えると、勇は腹落ちするのを待つようにしばしの間をあけ、感じ入った風情でそう言った。

「幸さんという人は、大した人物ですよ」

と付け加える。

「そうでしょうか……」

わたしは幾分げんなりした心地で問い返した。

「たしかに当事者の志乃さんにすれば日常がでんぐり返ったような気分でしょうけど、でも、俺は幸さんの選択を断然支持したいですね。無責任な言い方に聞こえるかもしれないですが」

勇はきっぱりとした口調で言った。

「人間というのは、歳を取ったらどんどん保守的になるんだと思い込んでいました。まして、長年暮らしてきた母があんな人だとは思ってもみなくて」

「まさしくサプライズってやつですね」

「はい」

「でも、いいじゃないですか。自分の思い通りにやりたいというのは、おかあさんにとっては唯一無二の選択でもあると思いますよ。七十二歳といえばまだ若いとも言えるけれど、そうは言っても人生の第四コーナーはとっくに回っているわけだから。おかあさんは最後の直線コースを思う存分駆け抜けたいと願っているんでしょう。それは、俺からすれば実にあっぱれな心がけだと思いますね」

「そうでしょうか」

わたしは同じセリフを繰り返す。

「わたしにとっては、それこそ乗っている馬から振り落とされたような気分なんですけど」

「なるほど、それは言い得て妙かもですね」

勇が愉快そうに笑う。

「じゃあ、幸さんは先月の二十七日に病院を退院するとその足で藤間さんのところへ行ってしまったんですね」

と訊いてきた。

「はい。退院の日は藤間さんが迎えに来てくれましたから」

「それ以来、一度も八潮のマンションには戻っていないんですか？」

「そうです。私物を送って欲しいというんで、段ボールに詰めたモノを何箱か藤間さんの家へ送って、それきりです」

「連絡もほとんどない？」

「事務的なことくらいしか。それもショートメッセージで」

「うーん。潔いと言えば本当に潔いですね。で、加害者の恩田さんという人はどうしているんですか？」

「さあ」

わたしは首を傾げてみせるしかない。

恩田明とは幸が肩を骨折して病院に行った晩と、その翌日の二度、顔を合わせたきりだった。今回の暴力沙汰にどのような形でケリがついたのかわたしは聞かされていない。

「施設長とのことは、全部、藤間の大将に任せたから。きっちり落とし前はつけてやるって言ってくれているし」

幸はそれだけしか教えてくれなかったのだ。

ただ、入院していた病院、そこは奇しくも熊谷さんの事件の際に運ばれた同じ東京品川第一病院だったのだが——にいた一週間のあいだで恩田施設長が見舞いに訪ねてきたのは翌日の一度のみだった。むろんコロナのため面会が厳しく制限されているというのもあるが、左肩にギプスをはめているだけの幸は、呼び出せば、病室から一階の売店まで降りてくることも可能だったので、わたしにしろ藤間さんにしろそうやって毎日会うことができたのだ。

幸によると恩田さんは、入院の翌々日からは一切連絡してこなくなったそうで、

「藤間の大将がとりあえず話をつけてくれたんだろうね」

と言っていた。

「じゃあ、二十七日からこっち、もう半月くらい志乃さんは八潮のマンションで一人暮らしなんですね」

「はい」

と頷く。

藤間の大将宅に転がり込んだ幸は、恐らく、二度と「八潮パークシティ」には戻って来ないだろう。退院のときに本人もそう言っていたし、隣にいた藤間さんもそれで納得の様子だっ

た。

　越水さんから幸に関する驚くような話を聞かされたのが先月の十六日で、それからわずか四日後の二十日金曜日、深夜に突然、スマホが鳴って見覚えのない番号が表示された。怪しみながら出てみると、相手は幸が勤務する「サニーホーム大森東」の施設長、恩田明さんだった。自己紹介する彼の震える声を耳にした瞬間、

　――だから夜勤はあれほどやめた方がいいと言っていたのに……。

　背筋が冷たくなる感触と共にわたしは心で呟いた。

　今夜も泊まりで出掛けた幸の身に不測の事態が起きたのは間違いないと直感したのである。

　だが、その直感は半分は正解で半分は不正解だった。

　しどろもどろの恩田さんの説明を何度も聞き返しながら咀嚼《そしやく》するに、幸は今夜、夜勤でサニーホームに出掛けたのでなくて蒲田《かまた》にある恩田さんの自宅マンションへ出向き、そこで恩田さんと大喧嘩になって、思い余った恩田さんが幸を両手で突き飛ばしたところ、部屋のソファに咄嗟に手をついた幸の左肩が外れ、かつ肩甲骨の一部を骨折してしまったということのようだった。

　恩田さんは慌てて救急車を呼んで、幸と共に東京品川第一病院に駆け込み、一応の処置が終わったところで幸のそばを離れて病院の一階ロビーからわたしに電話をくれたのだった。

「本当に申し訳ありません」

　平身低頭の様がありありと浮かぶほど彼は恐縮しきった声音で謝罪の言葉を繰り返した。

正直、話の不分明さを差っ引いても、わたしには何が何やら訳が分からなかった。

なぜホームに出勤したはずの幸が施設長の自宅にいたのか？

なぜ二人のあいだに大喧嘩が持ち上がり、幸が左肩を骨折するような羽目に陥ってしまったのか？

四日前に越水さんの話を聞いていなかったら、わたしの困惑はおよそ尋常ならざるものだったと思う。せめてあの話を耳にしていたおかげで少しは冷静に恩田さんの話を耳におさめ、急いで幸の入院のための支度をし、タクシーを呼び、ちゃんと身繕いもして病院に駆けつけることができたのだった。

あの日の越水さんの話には続きがあった。

去年の暮れ、今度は父親を殺害した熊谷真介被告の弁護士が、青物横丁にある「あおぞら・介護ステーション品川第二」の事務所を訪ねてきたのだ。

このときは、数日前に幸から越水さんに、

「犯人の弁護士が会いたいって言ってきたから、登美子さん、また悪いけど一緒に話を聞いてちょうだい」

という申し出があって、それで二人が事務所にいるその日に弁護士と会うと決めてあったのだそうだ。

弁護士が訪ねてきたのは、真介被告の情状証人として幸に法廷に立つよう依頼するためだった。証言が気が進まないのであれば、情状酌量を求める陳述書を裁判所に提出して貰えないだろうか、と彼は言った。

「被告の話では、かねて父親とのあいだで遺産相続を巡って口喧嘩が絶えず、何かというと父親は『お前のようなろくでなしの息子には、俺の遺産はびた一文渡さない』と言っていたそうです」

弁護士はそう切り出し、以下のようなやりとりが父子のあいだにあったと告げた。


「お前には遺産は一銭もやらない」

「そんなこと言ったたって、息子は俺一人なんだ、親父が何をほざいても俺に全財産が転がり込んでくるのは防げないんだよ」

「ちゃんと遺言状を用意してある」

「嘘つけ。そもそも親父には遺産を譲る相手なんて誰もいないじゃないか。まさか全額福祉施設に寄付でもするっていうのかよ」

「寄付はもちろんだ。財産を渡したい相手だってちゃんといる」

「お袋も死んで、そんな相手なんてどこにもいないだろう」

「いや、いる」

「誰だよ」

「金井さんと、それに、いつも俺の面倒を見てくれているヘルパーの野々宮さんだ」

「はっ？　金井のばあさんと、あの介護のおばさんかよ。あんた、何ふざけたこと言ってんだよ」

弁護士の話では、被告はこの遺言状の存在と遺産相続に関して一度、幸にも確認を取ったのだという。

「被告が真偽を質したところ、野々宮さんから『それがおとうさまの意志なら仕方がないでしょう。真介さんが生活態度を改めれば、おとうさまは、ちゃんと遺言状を書き換えて下さるはずです』と逆に説教をされてしまったと話しています」

弁護士は要するに、この事実だけでも証言するなり、陳述書で認めるなりして欲しいと頼んできたのだった。

「聞くところによると、熊谷さんの遺言状は実際に存在し、そのなかで家政婦の金井さんと野々宮さんに相当額の遺産を譲るよう指示がしてあったそうですね。そのことからしてもさきほどの被告の証言は信憑性《しんぴょうせい》があると私は考えているんです。もし、野々宮さんがそういうやりとりがあったことを認めて下されば、犯行に至る過程で、被告が心理的に追い詰められていった状況を裁判所に理解して貰う大きな説得材料にできるんです」

だから証言台に立つなり陳述書を提出するなりして欲しい、と弁護士は強く求めてきたのだった。

「金井さんは何と言っているんですか?」

幸は最初に訊いたという。

「金井さんのことは被告は何も言っていないんです。遺産についてやりとりしたのは野々宮さんだけだったと。実際、熊谷さんが金井さんに遺したお金は、野々宮さんの場合と比べるとはるかに少額だったようですし……」

「そうですか」

幸は呟き、

「私と真介さんとのあいだで先生の遺産の話なんて一度も出たことはありません。それは全部、真介さんの作り話です。そもそも私は先生が遺言状を遺してらっしゃったことさえまったく知らなかった。だから、六月に先生の顧問弁護士の方から初めてその話を聞いたときにびっくり仰天したんです。もちろん、先生の遺産なんて一銭もいただいていません。すぐに相続放棄の手続きをしましたから」

と言って、証言や陳述書の提出をはっきりと拒否したのだった。

「さっきの話は本当なの？」

弁護士が帰った後、越水さんは幸に訊いたという。

「半分ね」

彼女はため息交じりに言い、遺言状のことは本当に知らなかったが、ときどき熊谷先生が、

「自分が死んだら財産の一部を幸さんに譲りたい」と口にしていたと打ち明けた。

「じゃあ、弁護士さんが言っていたみたいに犯人とそういうやりとりもあったわけ？」

越水さんがさらに訊ねると、

「一度だけね。あの息子が似たようなことを言ってきたけど、私は取り合わなかった」

と答えたのだそうだ。

「それに……」

そしてこのあと、幸は越水さんが耳を疑うようなことを語ったのだった。

「それに、先生がそういうことを口走るのって、決まって口で慰めてあげたあとだったから、私もちっとも本気にしてなかったのよ」

この突然の告白に、越水さんが、

「あなた、そんなことしてあげてたの？」

驚きの声を上げると、幸は少し照れくささそうな表情になって、

「おむつを替えるとき、ときどき熊谷さんのあそこが勃起していて、そういうのが続いたから、『先生、ここをマッサージしてあげましょうか？』って訊いたら、先生が、『野々宮さん、お頼み申します』って寝たまま合掌して、丁寧にお辞儀をする仕草をしたのよ。それで最初は手でやってあげてて、もちろん射精なんて滅多にしないんだけど、先生すごく気持ちよさそうで、そのうち口でお願いできないかって言われて、それからはたまに口でもしてあげてたの。『幸さん、僕は嬉しいよ。こんな歳でこんな身体になって、なのにこんなに気持ちのいいことをして貰えて、幸さん、僕はどんなに感謝しても感謝しきれないくらい、あなたに感謝しているよ』なんて先生が言うから、私もやめるにやめられなくなっちゃって……」

と言う。詳しく訊いてみると、幸がそうした〝奉仕〟を始めたのは、熊谷さん宅へ訪問介護

に出向くようになって一ヵ月も経たない頃だったようだ。

つまり熊谷さんが亡くなるまでの五年近く、幸はずっとそうやって熊谷さんの埋《うず》み火《び》のような性欲を満たしてやっていたのだった。

「だけど、先生が本当に三千万円も私に譲ろうとしていたなんて、さすがに唖然としちゃったわよ」

幸は言って、

「私は別に遺産が欲しくてしていたわけじゃないし、それが商売ってわけでもないんだから、そんな大金を受け取る筋合いなんて端《はな》っからありゃしないのよ」

とあくまで飄々《ひょうひょう》たるものだったらしい。そして、そのとき、

「でも、そのおかげで先生とはすごく仲良しになれた気がする。先生がね、『幸さん、あんたみたいに一人息子に先立たれるのも災難だけどね、うちの真介みたいな性根の腐った息子に一生つきまとわれるのも大災難だよ。だからね、まあお互い、人生そんなものだと諦めをつけて一日一日をこころたのしく生きていくのが一番だよ』っていつも言うの。私は、その先生の言葉にどれだけ救われたかしれないのよ」

幸はそんなふうに述懐してもいたのだという。

「私もね、おかあさんのその話を聞いて二、三日眠れなかったわよ」

越水さんはしみじみとした口調で言い、

「ほんとうに女と男って一体何なんだろうね」

と付け加えたのである。

25

「しかし、その恩田さんって人も、いささか気の毒ではありますね」

今日の勇は一人でぐいぐいソインを飲んでいる。あっと言う間に一本空けて、すぐにもう一本追加していた。

「だけど、十七歳も年上のうちの母のことを恩田さんは本気で好きだったんでしょうか？　そんなことってあり得ますか？」

これも驚くべき事実だったのだが、施設長の恩田と幸は去年の十一月頃に男女の仲になっていたのである。

昨年末から幸の夜勤がにわかに増えたのは、つまりはそういうことだったのだ。彼女はわたしには夜勤だと偽って、せっせと独り身の恩田が住む蒲田駅前のマンションに通い詰めていたのだ。

「きっとそうだったんじゃないですかね。だから、おかあさんの突然の心変わりが彼には到底受け入れ難かったんでしょう」

勇は言い、こう付け加えた。

「これぱっかりはどうしようもないですからね。藤間さんと再会して、おかあさんの気持ちはいっぺんにそっちへ持ってかれちゃったわけでしょう。藤間さんはかつて長く付き合った相手だし、焼け木杭《ぼっくい》に火がついてしまった。そうなると新参者の恩田さんに勝ち目はないって話ですよ」

幸が品川駅のホームで、偶然、藤間の長女夢子と再会したのは去年の暮れだった。

そのとき夢子から、母親の峰子が三年前に亡くなったこと、藤間が空港近くの家を引き払っていまは大森のマンションで独居生活を送りながら相変わらず食堂を営んでいること、夏に前立腺のがんの手術を受け、以来すっかり老け込んでしまったことなどを聞かされたのだった。

幸が十二年ぶりに藤間に会いに行ったのは、夢子と会った次の日だったという。

「大将ががんをやったって聞いて、もう心配で心配でどうしようもなくなっちゃったんだよ」

幸はわたしにその話をしたとき、悪戯《いたずら》が見つかった子供のような口調で言った。

あとはお決まりの三角関係のもつれで、藤間に急速に傾斜した幸が年明けには恩田に別れ話を切り出し、恩田はそれに納得せず、結局、一月二十日深夜の恩田宅での暴行事件へと発展してしまったのである。

「だけど、母にしろ藤間さんにしろ恩田さんにしろ、あんな年齢になってこんなことって、わたしは箱根さんみたいにあっぱれだなんて言う気にはなれません。熊谷さんとのことだってそうだし……」

今年の元日に、「あんた、あっちの方はどうしているの?」とか「そういう人はいないの?」とか幸が訊いてきたのは、自分はもうその頃には恩田と別れて藤間の大将と縒《よ》りを戻そうと思い始めていたからなのだろう。

「僕たちだって、おかあさんや藤間さんくらいの年齢になったら彼らの気持ちが痛いほど分かるようになるんじゃないですか。まして、恩田さんの気持ちなんて、僕はすでにリアルに想像できる年齢になっているし」

二本目のワインも半分ほどになっている。わたしもつい勇のペースに乗せられてグラスを何度も空にしてしまっていた。

身体にわずかな酔いがあって、眠くならなければいいがと思う。

ただ、今夜は不思議と眠気が来ない予感もあった。龍一と飲んだときがいつもそうだったのを思い出す。

「ところで、そろそろ何か食事を頼みましょうか？」

勇が言う。

「そうですね。じゃあ、箱根さんの話は食事の後にたっぷり聞かせて貰います」

とわたしは返す。

26

「そういうことだったら、とりあえずうちに来ませんか？」

退職を決意するに至った経緯を詳述し、近日中に事務所兼自宅だった戸越銀座の古い一軒家を引き払うことになったと伝えると、感想云々はすっ飛ばして、いきなり野々宮志乃はそう言ったのだった。

「うち？」

「母の部屋がまるまる空いているんで、新しい部屋が見つかるまでそこで寝泊まりすればいいんじゃないですか？」

次の仕事のめどはつかないものの、早急にいまの事務所を出る必要があるので、しばらくは安いビジネスホテルで暮らしながら新居を探そうと思っていると最後に付け加えたのを引き取っての志乃の反応ではあった。

俺が何も言えずにいると、

「もちろん、宿泊代を払えなんてけち臭いことは言いませんから、ご心配なく」

まるで返事を躊躇っているのはそれが理由だと言わんばかりに言葉を足してくる。

「いや、しかし……」

「駐車場もいっぱい空きはありますよ。うちの団地も古くなって高齢化が進んでいるので免許を返納する住民が増えているんです」

今日、乗ってきたカローラスポーツは私物なので手放すのは残念だが、自前で駐車場代を賄うのは到底不可能だとも俺は話したのだった。

「ありがとうございます」

と枕に振ってから、

「しかし、独り暮らしの野々宮さんのところに男の俺が転がり込むなんて、さすがにそういうわけにはいかないですよ」

俺はマジ声になって言った。

「そんなの、別に気にしなくてもいいんじゃないんですか？　自分のやりたいようにやるのが箱根さんのモットーなんでしょう？」

志乃はすました顔で言い、

「それとも、わたしの家に来るなんてやっぱりイヤですか？」

少し身を乗り出してきて、ほくそ笑むような表情を浮かべてみせた。

「野々宮さん、酔ってませんか？」

顔色はちっとも変わっていないが、どことなく呂律《ろれつ》が怪しくはなっている。

ワインは三本目で、それもほとんど飲み切っていた。

志乃はこっちの一言に、急所でも衝かれたような意外そうな面持ちになり、

「そういえば、ちょっと酔ってるかも」

と呟く。

口を半開きにしたその感じがやけに色っぽかった。

すでに時刻は午後九時を回っていた。この店は十時閉店だから、そろそろラストオーダーの時間だろう。

「野々宮さん、明日は仕事ですか？」

「お休みです。寝具売り場は、土日連勤はあんまりないんです」

明日は日曜日だった。

「だったら、ここは切り上げてうちの事務所で飲み直しませんか？」

戸越銀座の事務所までタクシーだと十五分もかからないだろう。

「なるほど」

そこで急に志乃が声を跳ね上げる。

「そういう策略ですか」

よく意味が分からないことを言う。

「策略って何ですか？」

「要するに、わたしを自分ちに連れ込もうって考えなんですね。それが今夜、箱根さんが一番やりたいことってわけですね」

「いや、そんなつもりはまったく」

藪から棒に突っ込まれて俺は少し驚く。

志乃の酒は絡み酒なのか？

ちょっと意外だった。

「まあ、いいです。わたしも今夜はもう少し飲みたい気分ですから。どこにだってお供しますよ」

そう言うと彼女は勘定書きをパッと手にして立ち上がる。

「ちょっと、それ俺がやりますから」

俺も慌てて立ち上がり彼女の方へと手を伸ばす。

「今夜はわたしが払います。箱根さんの退職のお祝いです」

志乃は勘定書きを持った右手を背中に回して、さっさとレジの方へと歩いて行ってしまったのだった。

第二京浜国道の「戸越銀座」の交差点で俺たちはタクシーを降り、商店街の入口にあるローソンで幾つかつまみを調達して、商店街を大崎方向へと歩き始めた。

ローソンからだと「戸越銀座商店街」を三百メートルほど進めば、大東京信用組合の手前に右に入る路地があり、そこは「宮前《みやまえ》商店街」と呼ばれる別の商店街になっているのだが、俺の事務所兼自宅はその通りを五十メートルほど行った先の右側に建つ小さな二階家だった。

古めかしい引き戸の鍵を開けて、俺は志乃を家の中に招じ入れる。

壁際の応接セットのソファに座らせて、さっそく酒の支度を始めた。

柱の掛け時計の針はちょうど午後十時を指している。

「最初はビールにしますか？　それとも焼酎でいいですか？」

俺が訊ねると、「じゃあ、焼酎で」と志乃が答える。

「焼酎はロック？　それともお湯割りか水割り？」

冷蔵庫から氷を取り出しながらまた訊くと、

「ロックで」

と志乃。

俺は自分の分と彼女の分、二つのグラスを持って応接セットに近づく。

志乃が、コンビニで買ってきたつまみをテーブルに広げている。ポテチやさきいか、「砂肝にんにくまみれ」、「2種のソーセージ&チーズフォンデュ風ソース」、「直火焼き牛カルビ」といったパック入りの酒肴《しゅこう》だ。志乃に焼酎のロックを手渡すと、自分のグラスをローテーブルに置いて紙皿と割り箸、焼酎のボトル、氷を入れたアイスペールを取りにキッチンに戻る。

全部を卓上に並べ、俺は、ようやく志乃の向かい側のソファに腰を落ち着けた。

割り箸を袋から抜いて割り、彼女に差し出す。それから自分の分を割った。

「箱根さん、結構マメなんですね」

志乃が割り箸を受け取りながら言う。

「ファンになった人にだけです」

俺は言う。

「ファン?」

「はい。この人、いいなと思った女性にはマメになります。世の中にはどんな女性にでもそういうことをする男が結構いますが、その手の男は気をつけた方がいいです」

「そうなんですか?」

「そんなことするのは女にだらしない男が多いから」

「なるほど。それ、よく分かります」

志乃はそう言って相槌を打ったあと、

「わたし、むかしキャバ嬢やってたんで、一見やさしくて中身がどろどろな男もたくさん見てきましたから」

と付け加えた。

「野々宮さん、キャバ嬢やってたんですか？」

俺は思わず、志乃の顔をまじまじと見てしまった。

「はい。短大時代の二年間、もちろん歳は誤魔化してました。それで学費も生活費も稼いでたんです」

「そうなんだ」

俺は手元の焼酎のオンザロックをぐいと飲む。志乃が元キャバ嬢というのはかなり意外ではあった。

「女にだらしない男というのは、女の人が本当に好きなんですよ。悪気があって浮気性ってわけじゃないから、まあ、逆にタチが悪いとも言えるんですけどね」

グラスを持ったまま俺は言う。

「箱根さんは、そうじゃないんですね」

「俺は、何と言うか。いいな、と思った人を女の人の代表だと思って好きになるタイプなんです。だから、その人を大事にすれば、それで女の人全部を大事にしたことになるんで、他の女性に対しては案外冷たいです」

「女の人の代表、ですか？」

志乃が面白そうな顔つきになっている。

「手当たり次第に女に手を付ける男っていうのは、女の人の表面に目が行っているんだと思います。表面を見ると人それぞれ違いはありますから。でも、俺はそういうのはほとんど興味なくて、女の人の真ん中の部分が好きなんです」

「女の人の真ん中の部分？」

「はい」

「それってどういう部分ですか？」

「やっぱり美しさとやさしさですかね。男という生き物にはこの二つの要素が決定的に欠けているんで」

「美しさとやさしさですか」

「はい。女の人には想像がつかないくらい、実は男は美しさとやさしさに敏感なんです。しかも、女の人が思っているのと、男が望んでいる美しさとやさしさとは重なる部分もあるけど微妙に食い違っている部分も相当あるんです。これは、幾ら説明しても女の人には理解して貰えないところだと思いますけど」

俺はグラスの酒を飲み干して、「魔王《まおう》」の四合瓶からなみなみと焼酎を注ぐ。「魔王」は一時期大ブームになりべらぼうな値段がついた芋焼酎だが、いまは割と手軽に買えるようになっている。

「だから、俺みたいなタイプの男は、女の代表を見つけたら、その人の真ん中の部分にむかってシャベルを入れて掘り進んで行こうって考えるんです。まあ、原油や鉱物の採掘と同じですね。あちこちの油井《ゆせい》や鉱区をつまみ食いみたいに浅く掘るんじゃなくて、一カ所の鉱山や一本の油田を徹底的に掘り下げていきたくなるわけです」

「へぇー」

志乃はちょっとばかり感心したような顔になっていた。

「じゃあ、箱根さんは別れた奥さんを始めとして、そういう深い相手といままで付き合ってきたんですね」

当然の質問を彼女が口にした。

「いやあ、それがそうでもなくて……」

俺は苦笑いを作りながら正直に答える。

「理想はそうなんですけど、結局、この人が代表だと信じても、どうしても最後まで信じ切れないんですよね」

「なーんだ」

志乃が呆れたような顔で言う。

「だったら、ただの女好きの男とちっとも変わらないじゃないですか」

笑っている。

「確かに」

俺もつい笑ってしまう。どうやら二人ともかなり酔ってきているようだ。

「だけども……」

少し勿体をつけて、それでも俺は日頃の持論を開陳することにした。

「俺にとっては、いままで付き合ってきた女の人は、全員が代表っていうかワンチームっていうか、要するにたった一人の女だという気がしているんです」

「たった一人の女？　誰がですか？」

「だから、前の妻も含めていままで付き合ってきた女性全員がです」

「全員がどうして一人なんですか？」

志乃がまたまた呆れたような顔をする。

「俺にとっての彼女たちは、俺という人間と深く関わった相手という意味で、一人なんです。というのも俺はそれぞれの表面の違いが知りたくて関わったわけじゃなくて、彼女たちが共通で持っている真ん中の部分、さっき言った女性としての美しさとやさしさを見つけたくて付き合ったわけですから。彼女たちの一人一人が俺にとって女性の代表だし、そして彼女たち全員が俺にとっては無数にいる女性たちのなかのたった一人の代表でもあるんです」

「うーん、よく分からないけど」

「要するに、俺という人間の歴史なんです」

「歴史？」

「はい。俺という人間の歴史が彼女たちなんです」

「箱根さんにとっての歴史が、その女性たちなんですか？」

「そうです。そして俺という歴史がたった一つきりであるように彼女たちもまた一つなわけです」

「じゃあ、逆に言うと、彼女たちは〝たち〟ではなくて、文字通り、たった一人の女性でもいいってことですね」

「もちろんです。むしろ、その方が本当はいいんですけど、現実はなかなかそううまくはいかないってことですね」

「うーん」

志乃はまた小さく唸《うな》っている。酔いのせいなのか、突然ヘンな話を聞かされて頭が混乱しているためなのか俺には分からない。

「たとえて言えば、親みたいなものです」

さらに俺は言う。

「親？」

「はい。母親にしろ父親にしろ、本来は一人ずつでいいですけど、実際にはそうじゃない人も多いでしょう。自分を産んだ実の母がいて、育ててくれた育ての母がいて、さらには嫁いだ先に夫の母がいるみたいな感じで。でも、産みの母も育ての母も義理の母も、みんな自分の母親といえば母親じゃないですか。それと同じで、志乃さんがこれまで付き合ってきた男は、亡くなった旦那さんも含めて志乃さんにとっては一人の男みたいなものだってことです。親が親であるように男も男であるっていうか。つまりは志乃さんという歴史にとって彼らは重なり合う一体のもので、それがそのまま志乃さん自身でもあるってことです」

27

二月二十七日月曜日。

「オルチャン」は戸越銀座商店街の中でも中原街道に近い場所にある韓国料理店で、四年前、俺がこっちに戻ってからの行きつけの店だった。

年中無休で本場の味を手頃な値段で提供してくれる、商店街の中でもすこぶる〝嬉しい店〟の一つである。

午後七時に待ち合わせだったが、俺は六時過ぎには来て、いつものボックス席でマッコリを飲み始めていた。俺のお気に入りは「黒豆マッコリ」だ。

「三協不動産」の光村新五郎社長も時間より十五分ほど早くに姿を見せた。

社長とはこの店で鉢合わせして席を一緒にすることも再々だったから、今日も半分はそういう感じだった。

もとよりこの店に最初に連れて来てくれたのは光村社長なのだ。

ただ、いつもは割り勘だが、今夜は俺がおごると約束してある。

三時間ほど前、「戸越銀座」駅のすぐそばにある「三協不動産」で新しい部屋の契約を済ま

せてきた。契約といっても形ばかりで、

「俺が保証人だから、住民票やら収入証明やらはいつでもいいから」

と社長に言われて、契約書に署名捺印だけして鍵を受け取ったのだった。

物件はこれから勤めることになる事務局が入ったビルの斜《はす》向かいのマンションで、築三十五年と古いものの煉瓦《れんが》タイル張りのなかなか趣のある五階建てだった。

社長が用意してくれたのは、三階の単身者向けの1DKで、六畳の寝室に八畳のダイニングキッチンがついている。

契約前に内見もしたが、南向きで日当たりも良く広さも申し分ない。寝室の六畳が文字通り畳敷きなのも気に入った。

家賃は破格の七万八千円、しかも共益費込みというのだから俺は社長に深謝するしかなかった。まさに〝捨てる神あれば拾う神あり〟である。

あの日、会社を辞めると啖呵《たんか》を切ってはみたものの先の当てはまるでなかった。長谷川が帰った翌週からさっそく職探しを始め、と言っても俺のような取り柄無しにこなせる仕事など大してあるわけもなく、結局は元のライター稼業に戻るくらいしか手立ては思いつかなかった。

まずは「週刊時代」の同僚だった横尾潤一《よこおじゅんいち》に十数年ぶりで連絡してみた。横尾とはよく組んで取材をした仲で、社員編集者だった彼が、いまや大手出版社である時代社の執行役員に就いているというのは風の便りで聞いていたのだ。

しかし、横尾の応対はにべもなかった。口では懐かしがってくれたが、面会を申し込んで

も、

「悪いね、とにかくいま忙しくってさ。またしばらくしたら連絡ちょうだいよ。今日は申し訳ないね」

こちらの用件一つ聞くでもなしにそそくさと電話を切られてしまった。

そのあと面会を取り付けたのが、かつて世話になった編プロの社長、田所さんだった。田所社長はすでに七十を過ぎる年齢だったが、長引く出版不況のなか自分の会社をなんとか持ちこたえて、相変わらず社長業を続けていた。

彼に連絡するのも十年ぶりくらいだった。

飯田橋の事務所に足を運んで、どこでもいいから記者の仕事はないか？　と頼むと、

「勇ちゃん、時代が悪過ぎだよ」

社長は柄にもなく、ひどく申し訳なさそうな顔と声になった。

「週刊朝日が廃刊になる時代だよ。この業界はもう俺たちが食っていける業界じゃなくなっているんだよ。うちも下請け仕事のほとんどが漫画だからね。漫画をやれる編集者じゃないと、仕事なんて一つもないんだよ」

ということはコミックなど一度も手がけたことのない俺には仕事口は「一つもない」ということらしい。

それからも何人か知人、友人に当たってみたが結果は同じだった。

俺は途方に暮れ、しかし、言い出した以上はさっさと「ボックスリバー・プランニング東京

支社」を退散するにしくはなしと、まずは部屋探しから始めることにして「三協不動産」の光村社長のところへ頼みに行ったのである。

志乃と朝まで飲んだ次の次の日のことだった。

そこで社長に仕事を辞めて一から出直すつもりだと話したところ、

「部屋の件はもちろん引き受けるけどさ……」

社長は物件探しを請け合ったあと、

「だったら、勇ちゃんにもってこいの仕事が一つあるんだけどね」

と意外なことを口にしたのだった。

光村社長もマッコリから始めるというので、俺は、ボトルを一本追加し、あとは社長の好きなチーズタッカルビやチャプチェ、それにポッサムやチャンジャなどを注文する。

社長のグラスと自分のグラスにマッコリを注いで、俺たちは乾杯した。

「今回は何から何までお世話になりました」

俺は頭を下げ、

「今回は、じゃなくて今回もだけどね」

と付け足す。

「そんなことないよ。俺の方も『いい人を見つけてくれ』って山県《やまがた》会長から頼まれてて、人選に悩んでたところだったんだ。そんなところへ飛んで火に入る夏の虫で勇ちゃんが仕事辞めたって言ってきてくれたから、まさしく渡りに船だったよ。山県会長も、『勇ちゃんがやってくれるんなら、これ以上の人はいないよ』って大喜びだしさ」

社長はうまそうにマッコリを飲み、

「だけどさ、勇ちゃん」

急に身を乗り出してくる。

「この前も言ったけど、最低三年だよ」

と念を押してきた。

「分かってますよ」

「安月給で申し訳ないけどさ、これも町のためだと思ってさ」

逆に社長の方が頭を下げてきた。

それにしても、若い頃からの付き合いとあって社長は俺のことをよく分かっている。

「勇ちゃんはいいものを持ってるんだけど、何て言うか、ふらふらして腰の定まらないタイプなんだよね。性分なんだろうけど、何でだろね？」

昔からよくそんなふうに言われていたものだった。

光村社長が勧めてくれたのは、この戸越銀座の商店街連合会の事務局長の仕事だった。戸越銀座商店街は、三つの商店街振興組合によって構成されていて、この三つの振興組合の連合会事務所というのが置かれているのだった。むろん事務局長といっても名ばかりで一人きりの専従職員という意味だったが、数ヵ月前に長年勤めていた女性の事務局長が海外移住を理由に辞めてしまい、後任探しを社長は連合会の専務理事も務める戸越銀座商店街振興組合の山県会長から依頼されていたのである。

社長から提示された給料はたしかに「安月給」だったが、俺は一も二もなく「やらせて下さい」と即答した。

若い頃から長年住み、東京を離れたあげくに離婚して一人で舞い戻ったときもすんなり受け入れてくれたこの戸越の町に恩返しをしたい——社長の話を耳にした途端に俺はそう思ったのだった。

マッコリのボトルはすぐに空になり、俺はチャミスルに、社長は「中々《なかなか》」のお湯割りに切り替える。光村社長は今年でもう喜寿のはずだが、酒量は一向に衰えを見せない。社長の毎度の飲みっぷりに俺はいつも感嘆し、かつ意を強くしている。妙な話だが、そんな社長の姿に接する度に「この歳までこうやってしっかり酒が飲めるよう、俺も健康には気をつけよう」と自らに言い聞かせていた。

「で、いつからあの部屋に移るの？」

ふと思い出したように社長が訊いてきた。

「明日、カーテンとか布団とか、あと電気ポットとか買って、エアコンの工事が明後日の午後なんで、その日の夜から移ろうと思っています」

俺は契約の後、チャリで大井町のヤマダ電機までひとっ走りしてエアコンの発注を行なってきたのだった。布団や電気ポットは明日、商店街の店で揃えるつもりでいた。

「そうか。そりゃ大忙しだねえ」

社長が腕組みし、

「この三年のうちに新しい嫁さんを見つけなよ、勇ちゃん」

だしぬけに言ってくる。

「新しい嫁さん？」

俺は素っ頓狂な声を上げる。

「その通り」

目の前の社長の顔は、案外真剣だった。

「いやですよ。もう結婚はこりごりだから」

社長に向かって手をひらひらさせながら、なぜか志乃の顔を思い浮かべていた。

そういえば、俺が会社を辞めて仕事と部屋を探していると話したら、彼女はいきなり「そういうことだったら、とりあえずうちに来ませんか？」と言ってきたのだった。

あのときは俺の方がはぐらかしたが、志乃が本気で勧めてきたのはよく分かっていた。

——俺は、この人にそんなに気に入られるようなことをしたのだろうか？

まるで自分の頬をつねりたいような心地で思ったものだ。

あの晩、ロイホのあと事務所に誘って俺たちは遅くまで飲み、彼女は明け方、「八潮パークシティ」に帰って行った。

以来、この半月余りで三度ほど一緒に食事をし、酒を飲んだ。

俺が事務所を引き払ったのは四日前の二月二十三日の天皇誕生日だった。五反田《ごたんだ》のビジネスホテルに移る前にカローラで志乃の家に寄り、衣類や本などの私物を詰めた段ボール四つと車を預かって貰った。駐車場はそのために彼女がわざわざ管理事務所で手続きをして、事前に月極で借り受けてくれていたのだ。

「ここに置いているあいだ、わたしが車を使うから気にしないで下さい」

と言って、月額一万五千円の駐車場代を受け取ろうとはしなかった。

そんな形でいつまで車を預かって貰えるかは分からないが、とりあえずしばらくの間は彼女の言葉に甘えようと思っている。あのカローラスポーツはこっちに戻って来て中古で買ったものだが、とにかく乗り味がピカイチで、俺にとっては愛着のある車なのだ。

荷物を運んだときに志乃の家に上がった。

広めのリビングルームでコーヒーをご馳走になった。

彼女の住む潮入北第一ハイツは、エレベーターのない低層の住宅棟が何棟か建ち並ぶ昔風の団地だったが、印象は俺が育った南砂のそれとはかなり違っていた。分譲団地とあってどの建物も充分にメンテナンスがほどこされ、各棟の入口前は花壇や植木できれいに整えられている。「八潮パークシティ」はさまざまな種類の「団地」で構成されているが、潮入北第一ハイツは、年季は入っていても最も手入れが行き届いている「団地」の一つのように思われた。

志乃の住む二〇五号室もすっきりと片づき、居心地はすこぶる良かった。

この住まいだったら、確かに一部屋借りて住みたいくらいだ。

ふとそう思ったほどだった。

たまに一緒に飲食を共にし、私物や愛車まで預ける間柄ではあるが、俺と志乃は男女の関係になっているわけではなかった。

ロイホのあと俺の事務所兼自宅で朝まで飲み明かした日も、俺は志乃を自分のモノにしようとはついぞ思わなかった。すっかり酔ってしまったのも理由の一つだが、男が女に対して本気でそういう気になれば、酔いなんて邪魔になるはずもない。むしろ、あんなふうに心地良く酔えたのは、俺の中にそうした生々しい野心が湧き起こらなかった証拠に違いなかった。

事務所の前に呼んだタクシーに泥酔した志乃を乗せて、テールランプが視界から消えるのを見届けたあと、俺は部屋に戻ってついいましがたまで彼女が座っていたソファに尻を落ち着けた。

ほんのりとしたあたたかみが下半身に伝わってくる。

こういう人間のぬくもりを感じたのは何年ぶりだろう、と俺は思った。

智子と別居したのは六年前の十月だった。だが、彼女とはそのずっと前から寝室を別にしていたから、俺が誰かの体温を肌に感じていたのは、美也子と別れるまでだ。その美也子とは、智子と別居する前に別れていた。

俺は美也子を捨てて智子のいる家に帰るつもりでいたのだ。

だが、智子はそれを信じることはなく、また、一度自分を裏切った夫を許そうとはしなかった。要するに俺は六年前、彼女に追われるようにして泣く泣く家を出るしかなかったのである。

あの朝、志乃の体温の微かな名残が尻から腰にかけてじんわりと染み渡っていくのを感じながら、そうやって捨ててきた智子や美也子、そして家族で移り住んだ博多駅近くの古びたマンションの一室のたたずまいを思い出したのだった。

さしたる感傷はなかったが、それでも、俺はこれまでの恥多き人生を意外なほど鮮明に思い返し、そんなことはまったく初めてだったのだが、自分という人間がどこかの出発地点から驚くほど遠くへと歩み、流され、遠ざかってしまったのを強く意識した。

俺は目を閉じて、徐々に感じ取れなくなっていく志乃のぬくもりを味わった。

そのとき、ふと小さな声が聞こえたのである。

それはこれまですっかり忘れていたにもかかわらず、本当にいま耳朶《じだ》に届いたかのようにありありとした声だった。

「あなた」

正月四日の日、俺が西友の駐輪場に自転車を駐めて鍵を掛け、曲げた腰を伸ばして入口に目を向けた瞬間、その鋭い声が俺に向かって飛んできたのだ。

声の方へと視線をやると、女がこちらを睨みつけるように立っていた。そして、もう一度「あなた」と彼女は言った。

その一言を耳にした瞬間、俺は野々宮志乃という女とのあいだに存在する深々とした繋がりをはっきりと感じ取っていた——いまのいままで忘れていたのは、「あなた」という一言ではなくて、そうした感覚の方だったことに俺はようやく気づいたのだった。

そして、自分が志乃に近づき、「うちの妻」と口にしたとき、俺は彼女が本当にそうであるかのように錯覚していたのだ。だからこそ、俺は彼女のぬくもりを受け止めながら、元妻の智子や美也子を思い出し、ついつい志乃と彼女たちとを重ね合わせてしまっているのかもしれなかった。

28

料理が片づいたあともチャンジャを肴に光村社長は最後までたっぷり飲んでいた。

「オルチャン」を出たのは午後十時過ぎ。社長の自宅はそこから歩いて五分ほど、区立中学校のすぐ近所だった。千鳥足の社長をいつものようにその自宅まで送り届けて、俺は商店街に戻り、中原街道の「荏原《えばら》二丁目」の交差点方向へと歩いた。

今夜は、酔い醒ましも兼ねて五反田のホテルまで散歩しながら帰るつもりだった。

スマホが鳴ったのは、交差点で右折したあと中原街道沿いに歩き始めて五分ほど経ったときだ。

上着のポケットからスマホを抜いて、ディスプレーを見る。意外な名前が表示されていた。慌てて通話ボタンをタップしてそれを耳にあてがった。

「どうしたんだ？」

挨拶抜きで少し高い声を出す。

電話を寄越したのは娘の智奈美だったのだ。

俺が家を出て以来、年に一度か二度智奈美とは連絡を取り合っているが、それもすべて智子経由、つまり智子のスマホで会話するだけだった。智奈美が自分のスマホから電話してきたのは、この六年で今夜が初めてだ。むろんメールやＬＩＮＥでのやりとりも一切ない。何かよほどのことがあったに違いなかった。パッと思いつくのは智子の異変だ。

「おとうさん。いま東京駅に着いた」

しかし、返ってきたのはこの予想もしない一言だった。

「東京駅？」

一体どういうことなのか？

「誰が？」

「私だよ。家出してきたんだよ」

じれったそうに智奈美が言う。

家出？　そんな話はまったく聞いていない。むろん智子からも何の連絡も入ってはいなかった。

「迎えに来てくれる？　東京、十年ぶりだから全然分かんないよ」

智奈美は今年の九月で十七歳。四月から高二になる。

俺には何が何やらさっぱりだったが、彼女が嘘をついているとも思えない。現に電話の向こうでは駅の構内らしき喧騒《けんそう》が響いていた。

「四十分くらいで行くから、駅の中で待っていてくれ。着いたら電話する」

ここから五反田駅まで歩いて十分、山手線で五反田から東京まで二十分。四十分あれば余裕で間に合うだろう。

「分かった。早く来てね」

そう言って智奈美はあっさり電話を切る。

俺は足を速めながらも、手にしたスマホで泊まっているホテルに電話した。

五反田の歓楽街のど真ん中にあってお世辞にも土地柄がいいとは言えないが、今夜は智奈美とあそこに泊まるしかない。といっても俺の部屋はベッド一つでぎゅうぎゅうだから急いでもう一部屋確保する必要があった。

出てきたフロント係に空室を確かめる。

案の定、今日も明日も満室だと言われてしまった。脱コロナの流れはさらに加速し、東京でも年明けから訪日外国人の数が一気に増え始めていた。二十三日から連泊しているいまのホテルも何カ所も当たってようやく見つけたのだった。それでも三月の第二週からはすでに満室で、俺は遅くとも三月四日までに新居に移る算段をつけなくてはならなかったのだ。

実際、泊まってみると館内の各施設は台湾や韓国、タイやベトナムなどからのビジネス客や観光客でいつもごった返していた。

まさか智奈美だけ別のホテルに泊めるわけにもいかない。かといって、あのシングルベッドで高校生の娘と一緒に寝るのは不可能だ。二人分の部屋を確保できる別のホテルをいまから探すしかないが、こんな時間で果たして見つけられるのか？

智奈美は当然、俺の住んでいる家に身を寄せるつもりで上京してきたに違いない。まさかその父親が目下、宿無しの身の上だとは思ってもいないだろう。

五反田の駅が見えてきたところで、俺は一計を案じ、もう一本電話を掛ける。

電話が終わると駅ビルに向かってさらに足を速めた。

時刻はすでに十時半を回っている。

29

わたしは二十八歳のときに一度、流産した。

龍一と結婚して三年目の春のことだった。妊娠五ヵ月でお腹も徐々に膨らみ始めていた。原因は分からない。転んだり、お腹を打ったり、何か無理をしたおぼえもなかった。当時は品川にある通販会社のコールセンターでテレフォンオペレーターの仕事をやっていた。

すでにみんながわたしの妊娠を知っていたので、子供を抱えて働く先輩ママたちから出産の話や子育ての話をよく聞かされていた。その日も、休憩室で何人かの同僚と一緒に持参のお弁当を食べながら育児にまつわるあれこれを話し、休憩時間が終わって、わたしたちは揃って自分の持ち場へと向かった。そのとき後ろを歩いていた先輩の一人から、

「野々宮さん、スカート」

という声が掛かった。切迫した口調にドキッとしながら振り返り、彼女の指さす方、自分のお尻のあたりに目をやった。

グレーのスカートが真っ赤に染まっていた。

救急車を呼ぶという上司の勧めを断り、仲の良かった同僚に付き添われてタクシーでかかりつけの産婦人科に駆け込んだ。

診察に出てきた馴染みの女医は、簡単な処置のあと手早くエコーをとって、

「気持ちをしっかり持ってね。本当に残念だけど赤ちゃんはもう無理みたい」

と言った。

わたしは亡くなった我が子を産み、その日一日だけ入院して退院した。

赤ちゃんは龍一が引き取り、「死産」の届けを出してから荼毘《だび》に付した。葬儀はわたしたちと幸の三人だけで行なった。遺骨は四十九日が過ぎて、川崎にある野々宮家の菩提寺《ぼだいじ》におさめたのだった。納骨には龍一と二人で行った。

龍一が決めていた名前は「千夏《ちなつ》」。予定日が八月だったからだ。千夏は女の子だった。

わたしはそれから一年のあいだ、ずっと鬱《うつ》だった。

仕事も休み、ほとんど家に引き籠もっていた。そんなわたしを龍一も幸も何も言わずに見守ってくれた。

流産からちょうど一年が過ぎた日、龍一に誘われてレンタカーで伊豆《いず》までドライブに行った。

伊豆は、わたしたちが知り合って最初に泊まりがけで遊びに行った場所だった。そのとき宿泊した下田《しもだ》の温泉旅館を再び訪ね、部屋で旅装を解いたあと須崎《すざき》半島の突端にある爪木崎《つめきざき》の灯台まで足をのばした。爪木崎《つめきさき》灯台に行くのは初めてだった。

白い灯台の足下に立って、遠く果てしなく広がる太平洋を二人で眺めた。

吹きつけていた風がいつの間にか止み、平日の昼時とあって人っ子一人おらず、あたりは静寂に包まれている。

「僕はね……」

龍一が海に目をやったまま言う。

「世界中の子どもたちの代表として、千夏を愛そうと思っていたんだ。自分のもとへやってきた我が子を深く愛さなければ、世界中の子どもたちを敵に回してしまう――その畏れを忘れずに彼女と生きていこうと決めていた。いのちと一緒に暮らすというのはそういうことだと思うんだ。子どもだけじゃなくて、犬とか猫とかだって同じなんだ。いま自分のそばにいる犬や猫はすべての犬や猫の代表なんだ。だから、彼らをいじめたりしたら、世界中の仲間たちから呪われて、きっとひどい目に遭ってしまうんだよ」

龍一は静かな声で自らに言い聞かせるように話していた。そして、不意にわたしの方へ顔を向けると、

「だからさ、また僕たちのもとへ新しい子どもが来てくれたら、その子のことも世界中の子どもたちの代表だと思って二人で可愛がろう。で、もし誰も来てくれなかったときは、これから

僕たちが出会う子供たちを、一人一人が〝子どもたちの代表〟だと思って大事にしていこうよ」

と言ったのだった。

二月二十七日の夜遅く、勇が電話を寄越して、福岡の家を飛び出してきた娘をそっちに連れて行っていいかと頼んできたときはびっくりした。

「明日には新しく借りた部屋に入れるんで、今晩一晩だけでいいんです。どこのホテルも満室で部屋を押さえるのが難しくて……」

と言われてしまえば、時間も時間だし、断るわけにもいかなかった。

「だったら箱根さんも一緒にうちに泊まって下さい」

わたしはそれだけ言って、電話を切った。

一晩とはいえ、見ず知らずの女の子を一人きりで家に泊めるわけにはいかない。こちらも勝手が分からず戸惑うが、何より彼女の方が、緊張と興奮でちゃんと眠ることさえできないだろう。

勇が連れて来た智奈美は、想像よりもずっと大きかった。

考えてみれば、勇が今年で五十二歳なのだからそれくらいの娘がいても不思議はないのだが、わたしの中ではなんとなく小学校五、六年生くらいのイメージだったのだ。勇の外見が若くて、わたしとさして変わらぬ年齢にしか見えないせいもあった。

これならば、自分のホテルに彼女を泊めて、彼一人でここに来てもよかったのに――わたしは少し騙《だま》された気分だった。

智奈美の方だって、父親が目下、ホテル暮らしだというのも想定外だったろうが、突然、父親の恋人とおぼしき女の家に引っ張って来られてはますます頭が混乱してしまうだろう。おまけに、わたしと勇は恋人同士というわけでもないのである。

ところがだった。

初対面の智奈美は、少なくとも表面上はとても嬉しそうにしていた。

「いつも父がお世話になっております」

家出少女とは思えないようなきっちりとした挨拶をこなすと、

「今日は、突然で申し訳ありません。まさか父が住む場所をなくしているなんて思いもしなかったもので……」

と言い、

「これから、どうか何卒よろしくお願い申し上げます」

丁寧に、しかも笑みを浮かべて頭を下げてみせたのだ。

勇の方が、そんな彼女の隣でひどく困惑している様子だった。

わたしが歳を訊ねると、

「今年の九月で十七歳です」

と言った。

「じゃあ、いま高校一年生？」

「はい。四月から高二なんですけど、たぶん、中退するので高一で終了だと思います」

彼女ははきはきと答える。

「そうなんだ」

質問はそれだけにして、あとは何も訊ねなかった。

智奈美は勇によく似た顔立ちをしていた。

涼やかな瞳《ひとみ》と形のいい鼻と唇。顔の輪郭も体型もほっそりしている。上背はわたしと同じくらいだから百六十センチちょっとか。

若い頃の菅野美穂《かんのみほ》を彷彿《ほうふつ》させる容貌だ。菅野美穂はわたしとほぼ同年で、その頃はわたしもよく似ているとみんなから言われていたのだった。

「今年の九月」で十七歳と聞いて、すぐに千夏のことを思い出した。彼女も生きていれば今年、十七になる。

——そうか、こんな感じなのか……。

そう思った瞬間に智奈美と自分との距離が一気に縮まったのを感じた。

「チナツ」と「チナミ」、名前が似ていることにもそのとき初めて気づいたのだ。

時刻はすでに午後十一時を回っていたが、

「晩御飯は食べたの？」

と訊くと、

「新幹線の中でコンビニのおにぎりを食べました」

と答える。

「じゃあ、遅いけど何か食べる？」

「はい」

智奈美は素直に頷いた。

「箱根さんはどうしますか？」

「俺は、食べてきましたから」

来たときから勇は微かに酒の匂いを漂わせている。

「おとうさん、今日はもうホテルに帰りなよ」

そこで不意に智奈美が言ったのだった。

「わたしは、一人でここに泊まるから」

「そういうわけにはいかないだろう」

勇が、さすがに色をなす気配を見せると、

「おとうさんがいたら、おねえさんにいろいろ質問できないでしょう。おとうさんの状況を知るにはどうやらおねえさんに教えて貰った方が正確な情報が手に入りそうなのに」

智奈美は言った。

「わたしの話も、おねえさんにちゃんと伝えておくから、おとうさんはあとから教えて貰ってよ。それでおあいこでしょ」

そうしたやりとりをそばで眺めながら、わたしは、今夜は、この賢そうな子の言う通りにしておいた方がいいと感じた。

「さきほどの電話ではあんなふうに言いましたけど、智奈美ちゃんもこう言っているし、箱根さんは帰って下さい。彼女一人だったら母の部屋を使って貰うこともできますから」

二人ならリビングに布団を並べて寝て貰うつもりだったのだ。

わたしのこの一言で勇は渋々、帰ることに決めたようだった。

智奈美と共に玄関まで見送りに行くと、

「明日は、借りた部屋の準備を午前中に片づけるから、そしたら迎えに来る。それまでここでおとなしくしているんだぞ」

勇は父親の顔になり、

「すみませんが、智奈美に合鍵を一つ渡しておいて下さい。鍵は明日中にお返しに上がりますから」

わたしに頭を下げた。

「大丈夫です。明日は仕事は休みを取りますから」

「いいんですか?」

「全然、構いませんよ」

隣の智奈美は何も口は挟まず、

「じゃあね。明日、そんなに無理しなくていいからね」

と言って、まるで厄介払いでもするかのように父親を玄関から追い出してしまったのだった。

勇が出て行ったあと、わたしたちはリビングに戻った。智奈美はさすがにぐったりした様子になって、自分が座っていた椅子に再び腰を下ろす。

「何か嫌いなモノある？」

訊くと、黙って首を横に振った。

わたしは、今夜の残りの肉豆腐をあたため、具だくさんの味噌汁、白菜の一夜漬け、レンチンした山盛りのご飯をお盆に載せて出した。肉豆腐は、幸から伝授された煮物のコツを活かして最近よく作っているのだ。

智奈美はいままでとは打って変わったように無口になり、黙々と食事を済ませた。

「ごちそうさまでした。とても美味しかったです」

箸を置いて小さくお辞儀をしたあと、

「話は、明日でもいいですか？」

こちらの顔色を窺うような目になって言った。

「明日も何も、話なんて、したいときにすればいいよ」

わたしは言い、

「ここが気に入ったんなら、どれだけ泊まってもいいからね」

と付け加えた。

智奈美は何も返事はせず、じっとわたしの目を見ていた。

「じゃあ、先にお風呂に入ってきなよ。わたしは、今日使って貰う部屋をきれいに整えておくから。そうそう。その前に荷物を部屋に運ぼうか」

智奈美の足下にあるキャリーバッグを指さすと、

「はい」

彼女は頷き、静かに立ち上がったのである。

30

結局、智奈美は当分わたしと一緒に「八潮パークシティ」で暮らすことになった。

うちに泊まった次の日、勇の部屋を見に行った彼女が、いくら相手が父親とはいえ、この狭い1DKで一緒に暮らすのは不可能だと強く主張したからだった。

部屋の下見には、智奈美の頼みでわたしも同行した。

日当たりもよく、築年数は経っているものの住み心地の良さそうないい部屋だった。が、たしかに高校生の娘が、一部屋しかないここで父親と同居するのは、たとえ短期間だとしても無理な相談のようにわたしには感じられた。

「私は、あの団地でおねえさんと暮らしたい」

智奈美は部屋をさっと見ただけで、そう言い、

「お願いします」

こちらに頭を下げてきた。

「ここが気に入ったんなら、どれだけ泊まってもいいからね」と口にしていた手前、わたしも否とは言えなかった。昨夜、智奈美の顔を一目見た瞬間、きっとそういうふうになるだろうと何となく察してもいたのだ。

家出の理由は、その日の朝、食事のときに話してくれた。

「別に理由なんて無理して言わなくてもいいよ」

話し始めたときにわたしは釘を刺したのだが、

「おとうさんとも約束したから。その代わり、おとうさんの最近の様子も教えて下さいね」

すっきりした表情で彼女は話を続けたのだった。一晩寝ただけで元気を取り戻しているその若さがわたしには少し眩《まぶ》しい。

家出の理由の一つは、勇の元妻の智子さんが長谷川という継父の子どもを身ごもったことのようだった。

勇より三歳下の智子さんは今年四十九歳。わたしよりは四つ年上だ。

「おかあさんが長谷川さんの子どもを産むって知って、なんだかげっそりしちゃって」

智奈美はぼやくように言った。

四十九歳で二人目を産もうという智子さんの決断に、わたしは、彼女のおんなとしての意地を感じてしまう。

ただ、智子さんの妊娠は、智奈美にとってひどくタイミングが悪かったみたいだ。

彼女が家を飛び出したのは、現在通っている高校に嫌気がさして学校を辞めたいと言い出し、その望みが母親に撥ね付けられたのが一番の理由のようだった。

去年の秋くらいから中退の話は何度か持ち出していたらしいが、智子さんは一切聞く耳を持たず、

「中退なんてするなら、そのあとは働いて一人で生きていきなさい。この家にも置いてやらないし、生活費も一切援助はしないからね」

わたしが家を出ると宣言したとき母の美保子が口にしたのとまるで同じセリフを彼女はぶつけられたのだった。

わたしの場合、母は、本当に学費も生活費も一切出してくれなかった。

「そしたら、先月、おかあさんが『赤ちゃんができたから、チナちゃんも今年おねえさんになるよ』って言ってきて、正直、完全にキレちゃったんだよね」

母親は母親で好きにやっているのだから、自分もここは実力行使で対抗するしかないと、智奈美はほとんど衝動的に昨日、東京行きの新幹線に飛び乗ったのである。

「なんか学校で嫌なことでもあったの？」

わたしは訊いた。

「別に。だけど、去年受験に失敗してしまって、滑り止めのはずだった私立に入ってからずっと気分はよくなかったんだよね。そこって女子大の付属で、そのままエスカレーターで上に行く子が大半で、雰囲気は超ぬるま湯だったし。私は東京の大学に行くから、そんな学校はさっ

さとやめて、高卒認定を取って、一人で好きに受験勉強したいと考えたわけ。親に迷惑を掛けるのもイヤだから、その前に何年か働いてお金を貯めたっていいと思っているし……」

智奈美はそんなふうに話してくれた。

話し振りからして、彼女は勉強は得意なようだ。志望校に入れなかったのはよほど運が悪かったのだろう。

その言い分は痛いほどよく分かった。わたしも学校の成績は良かったので、ちゃんと受験勉強のできる家庭環境であればそれなりの大学に進学できたといまでも思っている。

当時は美保子のいる家から逃げ出したい一心で短大進学を選択したが、まずは就職して四大に通えるだけの学費を蓄え、そこから勉強をやり直して、改めて受験に臨むべきだったとあとになってずいぶん後悔したものだ。

勇は、途方に暮れたような顔で、わたしと暮らしたいと言い出した娘を見ていた。

「もしおねえさんと一緒に暮らせるんだったら、私、バイトしてちゃんと家賃はお支払いします」

真剣な顔で智奈美に言われて、

「家賃云々は別として、おとうさんが構わないなら、わたしの方は全然ＯＫだよ」

と返した。

「おとうさん、いいでしょう？」

智奈美が急に甘えたような声を作る。

「うーん」

勇がさらに困った表情になっている。

千夏が生きていたら、そして龍一が生きていたら、こんな父娘《おやこ》のやりとりを垣間見られたのかもしれない、とわたしは密かに思っていた。

「そんなずうずうしいことをお願いしていいんでしょうか？」

しばしの間を置いて勇が言った。

「わたしの方は全然構いませんよ。どうせ母は帰ってきませんし、智奈美ちゃんが家にいてくれたらむしろ心強いくらいです。ただ、日中はわたしも仕事なので、彼女一人にさせてしまうのが少し心配ですが」

そんなふうに答えると、

「おねえさん、全然心配はいらないよ。だって、私もおねえさんの勤めているヨーカドーでバイトするつもりだから」

智奈美が思いも寄らないことを口にする。

勤務先が大井町のヨーカドーだと伝えたのは朝食のときだった。それを知った彼女がスマホで店の場所を確かめ、潮入北第一ハイツからの経路を細かく質問してきたのを思い出す。

この子は、あのときからそんなことを考えていたのか、と舌を巻く思いだった。

「私、博多でもスーパーでバイトしていたから要領は心得ているし」

智奈美はすでに決まったことのような口振りになっている。

31

三月九日木曜日。

叔母の高杉梓から電話がきたのは、智奈美と夕餉《ゆうげ》の食卓を囲んでいるときだった。わたしは箸を置いて、手元のスマホを取り上げる。

梓は相変わらず鮫洲でスナックを営み、すこぶる元気にしている。何年かごとに相手は替わるものの、七十歳を迎えたいまも恋多き人生に変わりはない。

龍一と一緒になってからも月に一度は「あずさ」に二人で顔を出していた。幸と二人暮らしになって足は遠のいたが、それでもコロナ前はちょくちょく一人で訪ねていたものだった。

コロナで「あずさ」も休業が続き、昨年にはわたしや幸の感染などもあって、ここ半年ほど行き来は途絶えている。とはいえ、ときたま電話で連絡は取り合っているのだった。叔母も昨年末に年下の彼氏からオミクロン株を貰って感染した。当初は気を揉《も》んだが、結果的には幸と同様、二、三日寝込んだだけで全快している。

「おばちゃん、ごめん。いま食事中だから、またあとで掛け直すね」

わたしは智奈美の方を見ながら言った。ふだんなら「あ、そう。大した用事じゃないからまたね」とでも言って向こうからあっさり通話は切れるのだが、今夜は違った。

「それがさ、たったいま福弥から電話があってね」

叔母の声がわずかに強《こわ》ばっている。

「昨日の昼間、美保子さんが勤め先で倒れたんだって。いま府中の病院に入院しているからあんたに連絡しておいてくれって」

思ってもみない言葉が叔母の口から飛び出す。福弥は五つ違いのわたしの弟だ。

「そう……」

何の反応もできなかった。わたしが美保子の存在を思い出すことはほとんどない。彼女は自分の中から消えてしまっている。それも最近ではなく、父が亡くなる前、それこそ二十数年前からそうだった。顔を合わせたのは父の葬儀のときが最後で、その日も父の骨を拾うとわたしは何も告げずに斎場から帰ってしまったのだ。以来、向こうからも一切の連絡はなく、こちらも完全に接触を絶っていた。福弥についても同様だった。

なので、彼が叔母と連絡を取り合っていたこと自体、いま初めて知ったのだ。

「脳梗塞だって。結構重くて、ここ一週間が山場らしいよ。意識はまだ戻っていないみたい」

わたしが何も訊かないので、叔母は自分から話す。母がいまどこに住み、誰と暮らし、どんな仕事をしているのか何一つ知らなかった。今年で四十歳になるはずの福弥に関しても同じだ。

「一応、病院の名前と病室の番号を言っておくね。福弥に伝えるって約束してしまったから」

わたしと母の関係はよく理解しているので、叔母はそう言って、病院名と部屋番号を口にすると、

「ごめんなさいね。食事の時間にお邪魔しちゃって」

そそくさと電話を切ったのだった。

スマホをテーブルの元の場所に戻す。

箸を取ろうとしたとき、

「何の電話？」

向かいに座る智奈美が訊いてきた。心配そうな表情になっている。

どうやら自分でも気づかないうちに少しぼーっとしていたようだった。

「叔母さんから。昨日、うちの母親が脳梗塞で倒れて、入院しているんだって」

箸を摑んで食事を再開する。

今夜のおかずはヒレカツだった。幸と暮らしているときは揚げ物はもっぱら買っていたのだが、智奈美が来てからは自分で揚げるようにしている。なぜそうなのか分からないが、できるだけ手ずからのモノを彼女には食べさせたいと思ってしまうのだ。

「じゃあ、これから行くの？」

「どこに？」

彼女が何を言っているのか分からなかった。

「どこにって、病院に決まってるじゃん」

もどかしそうな声になっている。それでようやく意味が分かる。

「別にいいのよ」

わたしにはそれが当たり前のことだった。

「何が別にいいの？」

呆れたような顔で智奈美が箸を置いた。

「ずっと仲が良くないのよ。というか険悪なの、母とは」

彼女の反応に少し戸惑い、慌てて補足する。

「意識はあるの？」

鋭く訊いてくる。

この子は頭がいい——先月の二十七日から十日余り、こうして同居してみてつくづくそう感ずる。

年齢に関わりなく、世間には嘘や誤魔化しのきかない人間がたまにいる。智奈美もそのうちの一人だし、恐らくわたし自身もそうなのだろう。

「まだ戻っていないみたい。この一週間が山場だって」

「だったらいまからお見舞いに行きなよ」

智奈美が言う。

黙っていると、

「険悪な仲なんでしょう？」

と言葉を加えてくる。彼女の言っている意味が分からなかった。

険悪だからこそ会いに行け、というのか？

「ちょうどいいじゃない。向こうは意識がないんだから。話さなくて済むし、顔だけ見て帰ってくれればいいんだよ」

「だったら行かなくても同じでしょう」

そう返しながらも、智奈美の着想に蒙を啓かれる心地がしていた。

「全然違うよ。相手は親なんだから。意識不明の重体なんだったら顔くらい見に行ってあげないとあとで後悔しちゃうよ」

「そうかな」

「そうだよ。ことは人間の生き死にの局面なんだから」

「局面」という言葉の選択にやはり知性を感じる。

「私が一緒に行ってあげるから」

智奈美は言って、

「だから、さっさとご飯食べちゃおうよ」

と、再び箸を手にしたのだった。

「愛隣会《あいりんかい》　府中中央病院」の駐車場に着いたのは午後八時十五分。勇のカローラスポーツがこんなときに役立つとは思ってもいなかった。

智奈美に促されて病院本館の夜間通用口へと向かう。

受付で面会簿に住所氏名を記入し、入館証を受け取って院内に入った。すでに面会時間は過ぎているのだろうが、患者の容態が容態なだけにその限りではないということのようだった。

ただ、コロナ禍とあって、個室であっても面会人数は二人までと制限されているようだ。

エレベーターで七階の脳神経内科の病棟へと上がった。

ナースステーションの前で右折して、非常口の表示が見える方へと長い廊下を歩いて行く。

七一八号室は突き当たりの一つ手前、左側の部屋だった。

ドアハンドルを右に引いてゆっくりとドアを開ける。

八畳ほどの部屋の窓寄りにベッドが置かれ、案に相違して各種のモニターも点滴スタンドもベッドサイドには設置されていなかった。

容態はある意味、安定しているのだろう。というよりも、もはや手の施《ほどこ》しようがないということなのか？

わたしが、病室の入口付近で竦《すく》んだように佇《たたず》んでいると、横にいた智奈美に手を引っ張られてベッドの方へと連れていかれた。

二人並んで、ベッドに横たわっている母の顔を見る。

およそ二十六年ぶりに見る母だった。

幸と三つ違いだから、彼女も今年で七十歳になるはずだ。

そう思って、父の葬儀で最後に会ったときの彼女がいまのわたしと同じくらいの年回りであったことに気づく。

そんなに若かったんだ……。

胸の内で呟いた。

頬はこけ、髪には白いものが目立っていた。年相応というところだろうが、ずっと幸の若々しい姿を見てきた身には、母の老いが際立って感じられる。むろん、意識不明の重体だというのも大きいだろう。

「おねえさんにあんまり似てないね」

智奈美が言った。

「わたしは父親似なんだよ」

と返す。

「そっか。私と同じだね」

彼女の口調がどことなく誇らしげだった。

わたしは眠っている母の姿を見つめ、この人と自分とのあいだには重なり合うものが何もないと強く感じていた。容姿のみならず、何もかもが、母と娘というにはおこがましいほどにかけ離れている、と感じた。

かつて母と暮らしていたときは、そんなふうに思ったことはなかった。

なぜ、この人はわたしの気持ちを分かってくれないのだろう？　なぜこうやって自分の都合ばかり押しつけてくるのだろう？　と絶えず思っていたが、そこには必ず、

——自分を産んだ母親なのに……。

という気持ちがかぶさっていた。

だが、いまこうして意識をなくした美保子を見つめて、ようやく、自分たちには重なる部分

が何もなかったのだと理解できた気がした。

たとえ親子の関係だったとしても、そういうことはきっとあるに違いない。

彼女もまた、娘のわたしのことが理解できずに苦しんでいたのではないか？――そんなふうに母のことを見るのも生まれて初めてだった。

「おかあさん、意識戻るよ」

不意に智奈美が言った。

「そう？」

わたしは、彼女の方へ顔を向ける。

「うん。顔を見れば分かるもん」

智奈美がしっかりと頷く。

実は、病室に入った瞬間に、わたしもそう感じたのだった。母の顔を見てそれは確信に変わっていた。

「よかったね」

智奈美は呟くように言い、

「おねえさん、もう帰ろう」

またわたしの手を取ってくる。

調布《ちょうふ》インターから中央自動車道に上がる前に、京王《けいおう》線「府中」駅そばの「ロイヤルホスト」に寄ることにした。

このロイホは、わたしが団地で母や弟と一緒に住んでいた頃、たまに家族で食事に出向いた店だった。たまにと言っても、せいぜい一年に数度のことではあったが。

捨てたはずの町に足を踏み入れ、二十六年ぶりに病に倒れた母の姿を見てついつい感傷的になってしまったわけではない。ただ、甲州《こうしゅう》街道沿いに懐かしい店の看板を発見した瞬間、

「ちょっとお茶でも飲んでいこうか」

助手席の智奈美に声を掛けていたのだった。

「お、ロイホ、いいじゃん」

彼女がすぐに飛びつき、そういえばロイヤルホストは福岡発祥のファミレスだったと思い出していた。

時刻はちょうど午後九時になったところだった。

平日の夜とあって店内は空いていた。わたしたちは窓際の広い席に腰を落ち着けた。

わたしはドリンクバー、智奈美は季節限定の「苺のヨーグルトジャーマニー」を注文する。

「ドリンクバーはつけないの？」

と訊くと、

「いらない。あとでおねえさんのコーヒーを貰うから」

すました顔で彼女は言った。

自分の分のコーヒーを淹れて席に戻る。智奈美は俯いてスマホをいじっていた。それから五分ほどで「苺のヨーグルトジャーマニー」が届き、彼女は細長いスプーンでさっそく食べ始め

る。

「明日はどうするの？」

真剣な表情でパフェに向かう彼女に訊いてみる。

「幾つか書店を回って、高認《こうにん》の参考書とか当たってくる。時間があったら図書館にも寄るつもり」

スプーンを動かしながら返してくる。

「高認」というのは高卒認定試験のことだ。正式名称は「高等学校卒業程度認定試験」というらしい。わたしの時代は「大検」と呼ばれていた試験とほぼ同じものだそうだ。

智奈美はうちに来た三日後にはわたしの紹介で面接を受け、この日曜日からさっそくイトーヨーカドー大井町店の食品売り場でレジ打ちのアルバイトを始めていた。週五日で、勤務時間は午前十時から午後六時まで。わたしの勤務時間帯とほぼ同じなので、今日までの五日間は一緒に通勤していた。明日、明後日は彼女は休みだが、わたしは明日は出勤だった。

「夜ご飯は、私が作るよ。買い物もしておくから心配しないで」

ようやくこちらに顔を上げて智奈美が言う。

「じゃあ、お願いね」

と言いながら、座席に置いたショルダーバッグを手にすると、

「お金なら向こうで貯めたバイト代があるからいらない。家賃はまだ払えないけど、食費くらいは出せるから」

パフェグラスからスプーンを抜いて、それを小さく横に振ってみせる。

「OK。じゃあ、献立も任せるよ」

わたしはバッグを元に戻す。

「コーヒーいる？」

と訊くと智奈美が頷く。

わたしは卓上の呼び出しボタンを押した。ウエイトレスがやって来たので、ドリンクバーを一つ追加する。

32

パフェを食べ終えると智奈美はドリンクバーでハーブティーを淹れて戻ってきた。

それをふうふう言いながら飲んだあと、

「どうしておかあさんと険悪になったの？」

と訊いてくる。

わたしは自分の二杯目のコーヒーを一口飲んで、

「中二のときに母の愛人にレイプされそうになったの」

と言った。

この話を他人にするのは初めてだった。というより、このことは母とわたし、それに相手の男以外に知っている者はいなかった。福弥も知らないはずだし、疋田や龍一にも打ち明けたことはなかった。

「そうだったんだ……」

智奈美はそれほど驚いた感じでもなかった。

「おまけに、母はそのことをわたしのせいにして、その男と別れようともしなかった」

わたしも、こうして初めて他人に話してみて、あの出来事が自分のなかで完全に風化しているのを知った。ちょっと意外な発見ではあった。

「それは、かなりひどいね」

智奈美が嘆息気味に言う。

「だから、高校卒業と同時に家を出て、もう二度と帰らなかったの。それ以来、母に会ったのは父のお葬式のときの一度きり。父は、わたしが小五のときに家を捨てたから、今日みたいに、突然、叔母から電話が来て、それでお葬式に行ったら、母と弟も来ていたってわけ」

「へぇー」

智奈美は呟き、

「おねえさんって、相当ハードな人生送ってきたんだね」

と言う。

中学二年生のとき、わたしを襲ったのは宇佐美《うさみ》という男だった。当時、母は府中駅前の学習塾で事務の仕事をやっていて、宇佐美はそこで数学の講師として働いていた。

すでに四十歳近かった母よりも十歳以上も若い男だった。

父に捨てられたあと、母はいろんな男と関係を持ったが、みんな年下だった。

仕事熱心で休みなく働く人だったが、彼女は男にだらしがなく、そのせいで精神的にも経済的にも大きな苦労を背負《しょ》い込み、わたしと福弥はそのとばっちりの一番の犠牲者だった。

そのくせ、自らの不行跡は棚に上げて子どもたちの行動にはいちいち細かく嘴《くちばし》を挟んでくる厄介なタイプの母親だったのだ。

中二の秋、わたしたちと宇佐美の四人で草津《くさつ》温泉に出掛けた。

もちろん、母がお金を出して宇佐美を誘ったのだ。

旅館では母と宇佐美、わたしと福弥で二部屋に別れた。母は別の男たちを相手にそういうことを繰り返していたので、わたしも福弥も母や宇佐美には頓着せずに久々の温泉旅行を満喫する心づもりだった。

男が一緒だと、母は幾らでもわたしたちに贅沢《ぜいたく》を許してくれたのだ。

二泊目の夜だった。

突然、ノックもせずに宇佐美がわたしたちの部屋に上がり込んできた。福弥が温泉に行ったあと鍵を閉め忘れていたのが失敗だった。だが、まさか彼が一人でやってくるとは思いもしなかったのだ。

「福弥君は？」

浴衣《ゆかた》に半纏《はんてん》姿の宇佐美が襖《ふすま》を開けて入って来ながら訊いてくる。

「温泉」

わたしは浴衣は嫌いなので持参した部屋着を身につけていた。

「おかあさんは？」

「美保子さんも温泉に行ったよ」

宇佐美は勝手に冷蔵庫から瓶ビールを取り出し、それとコップを持って座卓の前に座り込んだ。わたしは広縁に置かれた椅子に座って本を読んでいた。

宇佐美が瓶の栓を抜いてコップにビールを注ぎ、一息に飲み干す。

彼の顔はすでに赤かった。食事のときも母と二人で何本かビールを空けていたのだ。

再びコップをビールで満たし、それも一気飲みする。

わたしは本を読むふりをしながら、彼の様子をちらちらと覗き見ていた。

背の高い痩せた男で、ふだんは眼鏡を掛けていたが、わたしの家に来ると必ず外していたし、この旅行中も眼鏡はしていなかった。

「これは営業用。数学の講師に眼鏡は定番だからね」

いつぞや彼が笑いながら言って、わたしはその瞬間に、「こいつは信用できない」と見切りをつけたのだった。

母の付き合う男たちは、大体似たようなパターンだった。細身で整った容姿の、しかしどこかしら自堕落で信用のできない雰囲気の男。

要するにわたしの父親とよく似たタイプばかりだったのだ。

宇佐美は何度も小さなコップにビールを注ぐのを繰り返し、あっと言う間に大瓶を一本空けてしまった。そのあいだ彼はずっと黙り込んでいた。

さすがに不穏なものを感じて、わたしは目の前のガラステーブルに本を置くと立ち上がった。

「わたしもお風呂に行ってくるから、宇佐美さん、福弥が戻ってくるまでここにいてね」

そう言って、彼の横ではなく、座卓の向こう側へ回り込んで入浴セットの入った小さな袋を手に取った。

そのとき、浴衣の前をはだけて胡座《あぐら》を組んでいた宇佐美が不意に顔を上げて、

「志乃ちゃん、一つ教えて欲しいことがあるんだ」

と言った。

わたしは彼の酔った顔を見下ろしながら、

「何？」

と訊いた。

「志乃ちゃんの匂いって、美保子さんと同じ匂いなのかな。いつも確かめようと思ってこっそり匂いを嗅ぐんだけど、僕にはよく分からないんだ」

「何それ。全然意味不明」

わたしは言うと、閉まっている襖の方へと急ぎ足になった。一刻も早く、この場を離れなくてはならない。

その瞬間、想像もつかないような機敏さで宇佐美は立ち上がり、一気に距離を詰めて、襖を背にした恰好でわたしの前に立ちはだかったのである。

「どいてよ」

わたしは金切り声を上げた。全身を恐怖の電流が駆け巡っていた。

宇佐美が両腕を広げ、無言のままわたしを抱きすくめてくる。

「騒ぐなよ。きみの匂いを嗅がせて欲しいって言ってるだけなんだから」

男の体臭と、アルコールのむせるような匂いがわたしの鼻を塞ぐ。いきなり強い力で抱きすくめられて身動きできなくなった。

「いい加減にしてよ」

という叫びと、自分の右膝が宇佐美の股間を直撃するのはほぼ同時だったと思う。

「ぎゃっ」

宇佐美が手を離して体勢を崩す。その一瞬をついてわたしは伸ばした手で襖を開け、次の間を抜けて部屋の外へと飛び出した。

向かいの自分の部屋に、浴衣姿の母がちょうど入ろうとするタイミングだった。

突然、転がり出るように目の前に姿を現わした娘を見て、彼女は喉に何かを詰まらせたときのような顔をしていた。いまでもその間の抜けた母の顔が忘れられない。

母たちの部屋で三人で話した。

「とりあえず、荷物をまとめてここから出て行って」

母に言われた宇佐美は、さきほどの威勢はどこへやらですごすごと荷物をまとめて一人で帰って行った。

彼も、さすがに言い訳はしなかったので、母はわたしの言い分を信じてくれたのだ。

「もう二度とあの男をうちに連れて来ないで。おかあさんもあの男と絶対に縁を切ると約束して」

宇佐美がいなくなったあと、わたしは泣きながら訴えた。

「もちろん、そうする。ほんとうにごめんなさい」

母にしては珍しく、素直に頭を下げてくれたのである。

だが、その後も母と宇佐美は外で会っていた。一度、偶然新宿で二人の姿を見かけて、わたしは母に詰め寄った。草津の事件から二ヵ月ほど経っていたと思う。

母はもう謝らなかった。そして、こう言い放ったのだ。

「酔っていたんだから許してあげて。おふざけ半分であんなことをしたみたいだから。それに、部屋で彼にビールを飲ませたあなたにも少しは責任があるんじゃないの？」

33

もっと早く智子に会いにいくつもりだったのだが、商店街連合会の事務局長に着任早々、「戸越銀座　春のグルメ祭り」の四年振りの開催が理事会で承認され、急遽《きゅうきょ》その準備で忙殺されることになってしまったのだった。

三月最後の土日が開催日と決まったので、とにかく時間がなかった。

コロナ禍のあいだに店の出退店が相次ぎ、「グルメ祭り」当日に来場者に配る「食べ歩きMAP」も新しく作り直さなければならず、金券をそれぞれ先着三百名に配るスタンプラリーの参加店も募集しなくてはならず、何しろ四年振りの開催とあってかつてない規模と話題性を持ったイベントも仕掛けなくてはならなかった。

二〇一九年に試みた「託児サービス」が好評だったことから、今回はさらに定員を増やしての無料託児所の設置も決まり、その場所と人員の確保がまた大変だった。しかも、そういった細かな段取りを俺一人でつけなくてはならなかったのだ。

そんなこんなで時日があっと言う間に過ぎ、結局、智子の約束を取り付けて博多に出向くことができたのは三月十四日火曜日だった。

智奈美が上京してきてすでに二週間余りが経過していた。

もちろん智奈美を東京駅で出迎えるとすぐに智子に連絡した。

「俺もまだよく事情が飲み込めないし、とりあえず、しばらくこっちで預かって智奈美と話をしてみるよ」

この日は、そう伝えたきりだった。

その時点では、まさか智子が長谷川の子を身ごもっているとは思いもよらず、三年前に籍を入れたにもかかわらず二人がずっと別居婚を続けていたことも知らなかった。それどころか智子が長谷川のツテで福岡の映像製作会社に就職し、すでに四年近く働いていたことさえ、一年に何度かは電話でのやりとりがありながらも、俺は一切聞かされていなかったのだ。

そういった情報はすべて、智奈美から事情を聞いた志乃によってもたらされたのである。

智子とは、博多駅近くのホテルのラウンジで午後四時に待ち合わせた。

会ってみると彼女は顔色も冴《さ》えず、元気もなかった。

つわりが重いらしい。

俺は、智奈美がいまは俺の知人の家で暮らしていること、退学の意志が固いこと、できればこのまま東京で働きながら勉強を続け、高卒認定試験を突破したうえで東京の大学を受験したいと言っていることなどを智子に伝えた。

「あなたがそれでいいんだったら、私は構わないよ」

智子の反応は想像以上にあっさりしたものだった。

智奈美を預かってくれている「俺の知人」が一体誰なのかもろくに訊ねてこない。興味がないというより、下手につついて藪蛇《やぶへび》になるのを恐れている感じだった。

体調の悪さもあるのだろうが、彼女はまるで別人のように見えた。

だが、そういう印象は最初だけで、俺はやがて、彼女はずっとこんなふうで、俺の方が見方を変えたのだろうと勘づいていた。

何年振りかで彼女と対峙してみて、

——この人と俺とのあいだには重なり合うものがほとんどなかったのだ……。

いまさらながら痛感せざるを得なかったのだ。

仮に美也子の件がなかったとしても、きっといつか俺たちは離婚していたに違いない——四年前、福岡を後にするときにそう思ったのだが、それが妻に捨てられた男の悔し紛《くやまぎ》れの負け惜しみなどでなかったことを、俺はあらためて確認した思いだった。

「どうして長谷川と一緒に暮らさなかったんだ?」

と訊ねると、

「そんなの、智奈美が猛烈に反対したからに決まっているじゃない」

智子は吐き捨てるように言った。

「あの子、本当に頑固だから」

彼女はため息をつき、

「学校のことだって、私は、とりあえず二年に上がってみて、それでも我慢できなければ辞めていいって言ったんだよ。半年経っても気持ちが変わらなければ好きにしなさいって。せっかく高い入学金も払って入った学校なんだし、それくらいは辛抱すべきだって。なのに、どうしてもすぐに辞めたいって言い張るから、そこまで言うなら、今後一切、あんたの面倒は見ないよって言ったの。むろん売り言葉に買い言葉。本気でそんなことを思っていたわけじゃないよ」

と呆れた声になる。

もとから智奈美は父親っ子ではあった。

離婚するときも、もしかしたら彼女は俺を選んでくれるのではないかと馬鹿な期待をしたほどだった。

むろん、美也子とのことに激怒していた智奈美がそんな選択をするはずもなかったのだが……。

俺は智子の話を聞きながら、それにしても学校を辞めたいという理由だけで、すっかり馴染んだ博多の街をそんなに簡単に捨てられるものだろうか、と思っていた。これは志乃から話を聞いたときもそう感じたのだった。

智奈美は小さな頃から頭がよく、大人顔負けの冷静な判断力を持ち合わせた子だった。智子の言うように「本当に頑固」なのはその通りなのだが、その頑固さは頑迷さとはまったく異なっていて、背景にはいつも、自分なりの明快で合理的な判断が存在しているのだ。

彼女は、発作的な感情の爆発で家出をしてくるような短絡的な子ではないし、ましてや高校生にもなっていながらそんなことをしでかすとは到底思えなかった。

――何かもっと決定的な理由があるのではないか？

俺は最初から疑っていたのだ。

智子の出産予定日は八月末だという。

「赤ちゃんが生まれたら、あの人もさすがに一緒に暮らしたいって言っているの。それを考えると、智奈美をあなたがあっちで引き受けてくれるのは、正直、助かる」

弾まなかったやりとりが途切れる直前、智子ははっきりとそう言った。

「むかしから、私にはあの子のことがよく分からないのよ。母と娘ってこんなものなのかっていつも感じていたし、どうしてこんなに重なり合うものが、この子とのあいだにはないんだろうって不思議だった」

智子はそんなふうにも言い、

「あなたもそばで見ていて、そういう私の気持ちは分かり過ぎるくらい分かっていたでしょう？」

最後は皮肉めいた口調でこちらの顔を覗き込みながら問いかけてきたのだった。

俺は一泊するつもりで、そのラウンジがあるホテルの部屋を予約していた。一通りの話が終われば、智子と中洲にでも出て夕食を一緒に食べようと思っていたのだ。

だが、実際に会ってみれば、もう俺たちのあいだにそういう付き合いはあり得ないのがはっきりと分かった。

二時間ほどで智子は席を立って会社へと帰って行った。

つわりで苦しんではいても、まだ仕事は休んでいないのだそうだ。現場に出て取材や撮影をこなすのではなく、彼女がやっているのは経理やスケジュール管理といった内勤業務らしかった。

俺が智子と出会ったのは、「週刊時代」の同僚記者の紹介でだったが、その頃も東京の番組製作会社で似たような仕事をしていた。仕事自体はさほど苦にならないのだろう。

ラウンジの席に座って、ホテルのエントランスを出て行くその後ろ姿を見送った。彼女は一度も振り返ることはなかった。

俺は会計を済ませるとフロントに行き、今日の宿泊予約を取り消した。

そして、午後六時十八分発の「のぞみ」に飛び乗って、そのまま東京に帰ってきたのである。

34

福岡から戻った翌日、さっそく志乃に連絡した。

福岡行きの件はあらかじめ伝えてあり、元妻と話し合った結果もすぐに報告すると彼女には話していたのだ。

すでに半月余りも智奈美を預かって貰っている。志乃にこれ以上、迷惑をかけるわけにはいかない。一刻も早く自分の手元に引き取るか、または福岡に帰さなくてはならなかった。

智子に会いに行ったのは、そのどちらにするか二人で相談するためだった。結局、俺のもとで智奈美を引き受けると決まった以上、志乃にあとどれくらい彼女を預かって貰うのか、きちんと期限を区切っておく必要があった。

昼休憩の時間を狙って電話すると志乃はすぐに出た。

「一泊の予定だったんですが、日帰りで昨夜遅くに戻ってきました。なので、もし都合がつくなら今夜にでも会って話をしたいんですが」

「いいですよ。智奈美ちゃんにもわたしから伝えておきます」

「いや、今日はまず二人だけで話したいんです」

「もちろん分かっていますよ。智奈美ちゃんに伝えるというのは、今日の晩御飯は一人で済ませて欲しいっていうことです」

志乃が笑いながら言う。

「そういうことですか」

「もうバイト仲間に友達もできたみたいなんで、全然、心配ないと思いますよ」

「じゃあ、野々宮さんの仕事が終わった頃、俺がそっちに行きます。大井町ガーデンのデニーズで晩飯でも食べながら話しましょう」

と言うと、

「それより、今日はわたしが箱根さんのお宅にお邪魔してもいいですか？　晩御飯は何かお弁当でも買って行きますから」

志乃が意外な提案をしてきた。

「もちろん、俺は構いませんが」

「ありがとうございます。だったら六時半までにはそちらに伺えるようにしますね」

そう言って、志乃は自分から通話を打ち切ったのだった。

午後六時二十分にチャイムが鳴り、俺は玄関のドアを開ける。古いマンションなのでオートロックもインターホンもついてはいなかった。男の独り暮らしにそんなものは不要だが、若い女性や小さな子どものいる家では、もはやこの手のマンションは不人気に違いない。しばらく住んでみて、住人のほとんどが老夫婦か若い男、それに外国人だというのが分かった。

志乃はめずらしくスカートを穿《は》いていた。普段の彼女は大抵、ジーンズかパンツだ。今日は、ベージュのスカートにゆったりとした黒のカットソーを合わせ、モスグリーンのパーカーを羽織っている。

今年の冬は暖冬で、凍えるほどの寒さの日は数えるほどしかなかった。このところは一気に春の様相となり、先週は最高気温が二十度を超える日が続き、一段落した今週も明日はまた二十度を超えるらしい。今日も日中は上着がいらないくらいの陽気だった。

「いらっしゃい」

と言って俺は彼女を部屋へ招き入れる。

一度、智奈美と一緒にここを見に来たことはあったが、あのときはろくに家具もなく、ほぼ空室の状態だった。

「いいお部屋ですね」

狭い室内をぐるりと眺め渡しながら志乃はダイニングキッチンと繋がっている六畳の和室へと進んだ。そこは寝室だが、布団は押し入れにしまい、日中は座卓を置いてダイニング代わりに使っている。

座卓とは別に一人がけのテーブルと椅子をダイニングキッチンの窓際に据え、そのテーブルの上にはデスクトップのパソコンを置いていた。仕事をするときは、そこが俺の席だった。むろん斜向かいのビルに入っている連合会事務局にも俺の席とパソコンがある。

志乃はベランダを背負った位置の座布団に腰を落ち着け、脱いだ上着を畳んでバッグと一緒に小脇に置いた。提げていた紙袋をもう片方の小脇に置き、中から買ってきた物を取り出して座卓の上に載せていく。

崎陽軒《きようけん》のシウマイ弁当が二つ、焼き鳥がぎっしり詰まったフードパックが一つ、それに大きな丸い容器に入ったＲＦ１の野菜サラダが二つ。

「とりあえずビールでいいですか？」

訊くと「はい」と頷く。

俺は冷蔵庫からビールを、食器棚から箸、醬油、七味唐辛子、取り皿を大小一組ずつ出して卓上に運び、そのあとベランダと向かい合う側の座布団に座った。座卓は小さいので、志乃の姿がほんの目の前にある。こんなふうに面と向かって触れ合えるほどの距離に身を置いたのは初めてのような気がした。

志乃も俺も正座だった。

「足、崩しましょうか」

先に言ったのは志乃の方だ。

「はい」

俺は胡座を組む。志乃は横座りの姿勢になる。

生ジョッキ缶の蓋を開け、彼女に差し出す。

「これ、うまいですよ」

「ありがとうございます」

志乃がきんきんに冷えた缶ビールを受け取った。

「シウマイ弁当、わたし、大好物なんです」

「俺もです。福岡では全然売ってなくて、こっちに戻ってきて久々に食べたときは感激でした」

「よかった」

乾杯と同時にビールに口をつける。

「うまいでしょう、これ」

「ええ。初めて飲みました」

「ずっと六缶パックが販売されてなかったんですが、最近、ようやくスーパーでもネットでも買えるようになったんです」

「そうなんですか」

「はい」

他愛ないやりとりを交わしながら、俺は、ひどく緊張しているのに気づいていた。今朝も自分が寝ていた部屋にこうして志乃がいること自体が緊張を誘うのか？

「じゃあ、食べましょう」

志乃が缶ビールを置いて、シウマイ弁当の包みを解き始める。

彼女の方は至って普段と変わらなかった。

「そんなに無理してまで、新しい部屋を借りる必要があるんでしょうか？」

食事をしながら俺の長話を聞き終えた志乃の第一声はそれだった。

「いや、だけどこの部屋だと同居は確かに難しいですからね。もう、これ以上野々宮さんにおんぶにだっこってわけにもいかないし、さっきも言った通り、この半月のうちには新居を見つけて引越しも済ませるつもりです」

「箱根さん、本当にそれでいいんですか？」

志乃が訊いてくる。

「智奈美ちゃんとどうしても一緒に暮らしたい。わたしみたいな他人の手に任せるのはやっぱり心配だ――ということですか？」

例によって彼女の物言いははっきりしている。

「いや、野々宮さんのことを信用していないとか、そういう話ではありません」

「だとすると、智奈美ちゃんを何が何でも手元に置いておきたいってことですね」

「いや、何が何でもとか、そういうことでもないんです」

「それなら、智奈美ちゃんの意志を一番に優先すべきだとわたしは思います」

「だけど、智奈美がこれからもずっと野々宮さんと一緒にいたいって言ったらどうしますか？」

「わたしは、そうすればいいと思います。この半月、彼女と暮らしてみて、これからもうまくやっていけると分かっているので」

「ほんとですか？」

「はい」

「だけど、それじゃあ幾らなんでも俺も智奈美も野々宮さんに甘え過ぎですよ」

俺はそう言ってから立ち上がる。冷蔵庫からお互い三本目のビールを持って席に戻る。志乃もどうやら生ジョッキ缶を気に入ってくれたようだった。

両方の蓋を開けて、一つを彼女の方へ差し出した。

二人とも弁当は食べ終わり、いまは焼き鳥とサラダをつまみに飲んでいた。

「とにかく、智奈美ちゃんの意志を尊重してあげるのが一番です」

「だけど、智奈美は恐らく、俺とじゃなくて野々宮さんと一緒に暮らしたいって言いますよ」

「箱根さんもそう思いますか？」

志乃は「も」と言った。そして、

「どうしてそう思うんですか？」

と訊いてきた。

「実は」

俺はビールをぐいと飲んで、缶を座卓に戻してから言った。

「この前、東京駅で何年振りかで智奈美に会ってみて、ちょっとびっくりしたんですよ」

志乃が興味津々な表情になっている。

「あなたと雰囲気がすごく似ていたんです。そのあとあなたの家に彼女を連れて行って、二人でいるのを見て、ますます不思議な気がしました。こういう言い方は何なんですけど、まるで本当の母と娘のような感じがしたもんだから」

「そうなんですか……」

志乃は感じ入ったように呟く。

「じゃあ、彼女も隠れ美人さんってことですね」

しかし、その口から出たのは意外なセリフだった。

目が悪戯っぽく笑っている。

「いや、あいつはまだまだですよ」

俺も釣られて、そのように返すしかなかった。

それからも俺たちは生ジョッキ缶を飲み続けた。途中で「そろそろ焼酎にでもしますか？」と持ちかけたのだが、志乃が「いえ、これで」と乗ってこなかったのだ。

二時間近く経った頃には、俺の方はだいぶ酔いが回ってきていた。もとからビールやワインには酔いやすい体質だったし、昨日の博多行きで疲れが溜まっているのだろう。往路は飛行機だったが帰りは新幹線を使った。片道五時間の列車移動は堪える。だが、酔いが深くなった一番の理由は、さきほどからの緊張がなかなか解けないせいだと思われる。

志乃の方は、そんな俺の逆を行くかのようにリラックスしている。

「箱根さん、むかし小説を書いていたんだそうですね」

ちょっとぼーっとしているところへ、急に志乃が驚くようなことを口にした。

「なんで知ってるんですか？」

まともに拳《こぶし》を食らったような反応しかできなかった。

「この前、母の病院に行ったあと、府中のロイヤルホストでいろいろ話したときに智奈美ちゃんが言っていました」

「そうだったんですか」

智奈美のやつ、余計なことを喋りやがって、と思う。

志乃の実母が脳梗塞で倒れたという話は一週間ほど前に智奈美からの連絡で知った。

それを知って俺はすぐに志乃に電話したのだ。

そんなたいへんな時期に智奈美の面倒を見て貰うのは幾らなんでも図々し過ぎると思ったからだった。

だが、案に相違して、志乃は至って暢気《のんき》な感じで、

「倒れたと言っても一昨日には意識も戻ったみたいなんで、ご心配には及びません。もしこのことをおとうさんに伝えるんだったら、それも一緒に言い添えるようにって智奈美ちゃんには話しておいたんですけど」

と言っただけだ。

とはいえ、この一件に背中を押される形で、俺は、なかなか予定を出してこない智子に一刻も早く会ってくれるよう催促のメールを打ったのだった。

「小説は、いまはもう書いていないんですか？」

志乃が訊いてきた。

「書いてたのは二十代の頃です。全然才能がないと分かったので、とうのむかしに見切りをつけました」

「だけど、智奈美ちゃんは、『おとうさんの小説、すごくよかった』って言っていましたよ」

そこで、またまた驚くようなセリフが彼女の口から飛び出す。

「すごくよかった？」

「去年の暮れに箱根さんが書いた小説をたまたま家で見つけて読んだんだそうです。おとうさんを見直したって、智奈美ちゃん、しきりに言っていました」

「俺の小説を家で見つけた？」

どうしてそんなものがあの家にあるのか？　別居するとき自分の私物は残らず持ち出したはずだった。

「うーん」

酔った頭でつらつら思い出す。

そういえば智子にはむかし何作か読ませたことがある。その原稿を彼女がどこかにしまっていて、それを智奈美が見つけたのだろうか？

智子は俺の小説を読んで、いつも「面白かったよ」とは言ってくれたが、あまり熱の籠もった反応ではなかった。そんな彼女が二十年近くも原稿を保存していたとすれば意外ではある。

「それもあって、彼女はこっちに来たくなったみたいです」

「それもあって？」

志乃が大きく頷いた。

「おとうさんのことがすごく可哀想になったって言ってました」

「可哀想？」

話の筋がまるで見えない。

俺のむかしの小説を読んで、どうして智奈美が俺に同情するのか？　いい小説を書いていたのに芽が出なかった父親が不憫だと感じたのか？　しかし、そんなことでわざわざ家出してくるはずもあるまい。

「箱根さん、小さい頃、おかあさんの愛人に虐待されていたんですか？」

「はあ」

またまた突拍子もない話だった。

「智奈美ちゃんが読んだ小説に、そういうことが書いてあったって言っていました。それを読んで、おとうさんのことがすごく可哀想になってしまったって」

「それで、あいつは俺のところに来たってわけですか？」

俺は啞然とした声を出す。

昔の作品の中に俺自身の幼少期の体験をベースにして書いた小説が何本かあったのは事実だ。

「はい。それも家出の理由の一つだったみたいです」

「そんな……」

俺には発する言葉が見つからない。

35

父親は俺が三歳のときに死んだ。

ある日、突然高熱を出して倒れ、一晩様子を見ていたところ明け方に痙攣《けいれん》発作を起こしたので母は慌てて救急車を呼んだ。だが、救急隊員が駆けつけたときにはすでに事切れていたのだ。

俺の中にそのときの記憶はほとんどないが、ただ、どういうわけか救急車が俺の住んでいる団地にサイレンを鳴らしてやって来て、ぐったりしている父親を隊員たちが担ぎ上げて連れ去っていく場面ははっきりと憶えていた。

そのあと、救急車に同乗する母を見送り、親しかった隣の家にしばらく預けられたこと、父の葬儀が雨の日で、俺は途中でぐずって退席させられたこと、父方の祖母が悲嘆の余り葬儀場で意識を失ってくずおれ、会場が騒然としたことなどは何一つ憶えていなかった。

父の死後、母は保険のセールスになったが、俺が小学校二年生のときに富樫《とがし》という母と同い年くらいの男を家に連れて来て、そこからは母と俺と富樫の三人の暮らしが始まった。富樫と母がどこで知り合ったのか、そんなことは当時の俺には関心もなかったが、あとから知ったところでは、二人は中学時代の先輩、後輩だったようだ。富樫の方が一年先輩だった。

母は甲府《こうふ》の出身で、高校を出て上京し、浅草橋《あさくさばし》にある人形店の店員になった。そしてその店に出入りしていた人形作家の父と出会ったのである。父は母より五歳年長だったが、それでも人形作家としては駆け出しに過ぎなかった。二年ほど付き合って、父が何とか一本立ちしたのを機会に二人は一緒になる。そして、結婚三年目に生まれたのが俺だった。

甲府時代の富樫と母がどういう間柄だったかは分からない。

ただ、ときどき「おにいちゃん」と富樫のことを呼んでいたから、二人は幼馴染みだったのかもしれない。

同居して半年もしないうちから富樫は俺をいじめるようになった。

それまでは俺へのいじめに黙殺を決め込んでいた母が、さすがに富樫を家から叩き出さざるを得ない決定的な事件が起きたのは、さらに半年ほどが過ぎた頃だった。

俺は富樫のことが嫌いだった。

「勇は、顔は可愛いくせに性格は最悪だな」

向こうも俺が気に食わなかったのだろう。同居を始めて半月もしないうちに面と向かってそう言われ、当然、母もその場にはいた。

一言も反論せず、いかにも「そうなのよ」といったふうに薄笑いを浮かべていた母の愚かさと弱さを、俺は決して見逃さなかった。

俺は父親に似ているらしい。自覚はないが、葬儀場で倒れた祖母からはよく言われ、父の死後も何かと面倒を見て貰った。中学時代、母が富樫とは別の男のことで血迷っていた時期は、一年ばかり東村山《ひがしむらやま》にあるその祖母の家で暮らしたこともあった。

同居を始めて一年ほど過ぎたとき、富樫が愛用していたオイルライターをいじっているうちに壊してしまったことがあった。

蓋と本体をつなぐ留め金が外れ、使い物にならなくなったのだ。

「あっ」

俺が小さく声を上げたのを耳ざとく富樫は聞き咎《とが》めた。

リビングの四人掛けのテーブルで母とリンゴを食べていた富樫が、隣の和室にいた俺の方へと駆け寄る。壊れてしまったライターを俺の手から奪い取り、

「貴様、なにしやがったんだ！」

怒鳴《どな》りつけられたときには、すでに俺の身体は壁の方まで吹っ飛んでいた。思い切り突き飛ばされたのだ。

富樫の怒りはおさまらなかった。

俺の首根っこを押さえて身体全体を壁に押しつけ、

「この野郎、土下座して謝れ」

と叫ぶ。

「イヤだ！」

と言い返した。彼には大なり小なり常に暴力をふるわれ続けていて、俺は俺でいい加減うんざりしていたのだ。

富樫は俺の身体を両手で持ち上げ、今度は、畳の上に叩きつける。

彼の怒りを全身に浴びながら、それでも意外なほど冷静にダイニングテーブルを前に座っている母親を覗き見た。彼女は黙って椅子に座り、ぼんやりとした表情で俺と富樫を眺めているだけだった。

「この野郎、貴様は日頃から生意気なんだよ！」

富樫は俺を引きずるようにしてリビングルームへ取って返すと、サイドボードに置いていたオイルライター用のオイル缶の蓋を開けて、俺の着ているセーターの背中のあたりにオイルを振り撒いたのだった。

その上で、ポケットにつっこんでいた壊れたライターの本体を取り出し、ヤスリをこすって着火させた。

「土下座しろ。俺が許すというまで謝り続けるんだ！」

俺の身体から距離を置き、それでもセーターの下のシャツの襟元を伸ばした左手で絞り込むようにがっちり摑んで、

「そうじゃないと、このセーターに火をつけてやるぞ」

富樫が叫ぶ。

母が椅子から立ち上がったのは、やっとそのときだった。

「おにいちゃん、ちょっとヘンな冗談はやめてよ」

ただ、それでも彼女の物言いには明らかなへつらいが感じられた。

「勇も富樫さんにちゃんと謝りなさい」

そう言って母は俺たちの方へと近づく。

「イヤだ、絶対に謝らない！」

俺が大声を上げたのと、富樫が俺のセーターに火をつけたのはほとんど同時だったと思う。

「キャー」

母の絶叫を耳にして、俺は自分の背中が燃えていることに気づいたのである。

36

これまでみんなにしてきた説明を志乃に対しても繰り返した。

小学二年生のときに出掛けた林間学校で、仲間たちと囲んでいたキャンプファイヤーの火の粉がセーターに飛び火してしまい、それで大やけどを負ってしまった——俺は自分の背中のケロイドを見せた相手には常にこんなふうに説明してきたのだ。むろん、智子や智奈美も例外ではなかった。

俺のこの説明を疑った人間は一人もいなかった。それはそうだろう。まさか母親の愛人にライターで火をつけられたなどと、誰にしろ想像できるはずがない。

志乃は黙って俺の〝手慣れた説明〟を聞いていた。聞き終えると、

「智奈美ちゃんは、ずっとヘンだって思ってたみたいですよ」

と言う。

「箱根さんのやけどの痕《あと》を見る度に、そんな話じゃないんじゃないかって感じてたようです。だから、その場面を描いた箱根さんの小説を読んで、これでやっと謎が解けたと思ったんだそうです」

志乃が俺と智奈美のどっちの話を信じているのかはよく分からない。

「そんなのはあいつの妄想ですよ」

俺は一笑に付した。

「あくまで小説ですからね。確かに母親の愛人とソリが合わなかったのは事実ですけど、だからといって服にライターで火をつけられるなんてあり得ませんよ」

俺は二度と思い出したくもないことを久しぶりに思い出しながら笑ってみせる。

「そうですか……」

志乃は呟くように言ったあと、少し間を置いて、

「じゃあ、ちょっと見せて貰えませんか？」

と言った。

「見せる？」

「はい」

「俺の背中をですか？」

「もちろん」

「そんなものを見てどうするんですか？」

「智奈美ちゃんが勘違いしているのか、それとも箱根さんが偽りを述べているのか、自分で確かめてみたいんです」

志乃は「偽りを述べている」という妙に堅苦しい言い方をする。

——やっぱり変わったおんなだなあ……。

と思わざるを得ない。

「確かめるって、傷痕を見たくらいで確かめられるんですか？」

「もちろん」

志乃はきっぱりと言い切る。

「早く見せて下さい」

今度は命令口調だった。全然そうは見えないが、実はかなり酔っ払っているのかもしれない。

「いいですよ」

と言って、俺は着ていたパーカーを脱ぎ、アンダーシャツも脱いで上半身裸になった。

「じゃあ、じっくり見て下さい」

座卓に向かって裸の背中を向ける。

酔いも手伝って、まるで遠山《とおやま》の金《きん》さんにでもなったような気分だ。

すると志乃は立ち上がり、座卓の右側を通って俺の隣にやってきた。彼女も足下がいささかふらついているように見えた。

今度は、隣に座った彼女の方へと背中を回した。

俺自身はこの傷痕を直接見たことはない。傷を見るには、鏡に映すか、写真で確かめるしかない。誰かに写真に撮って貰ったことはいままで一度もなかった。

「どうですか？」

志乃は返事をしなかった。しばらく無言の時間が流れ、やがて背中にあたたかな感触が生まれた。彼女が手のひらで傷痕に触れてきたのだ。

柔らかな手のひらが、左肩から背骨の左側にかけてかなりの面積で広がっているケロイドの上を丸く円を描くように二回ほどゆっくりと撫《な》でて、肩甲骨のあたりで静止する。

「勇さん、たいへんでしたね」

志乃は初めて俺を下の名前で呼び、そして手を離した。

俺は背中を向けたまま、下着とパーカーを手元に引き寄せてそれらを身に着ける。

無言のまま彼女の方へと身体を向けた。

志乃が正座になっている。

「今夜は泊まっていきます」

笑みを浮かべて彼女が言った。

37

智奈美が事務所に来たのは、志乃が泊まっていった日の二日後、三月十七日の金曜日だった。

LINEで「話があるから近々会いたいんだけど」と送ると、「明後日の午後三時以降でお願いします。仕事が休みなので」という返信がきた。「じゃあ、三時で。うちの事務所で待ってるよ」と返すと「了解」のスタンプが届いたのだ。

智奈美とLINEを始めたのは、彼女がこっちに出てきてからだった。

「親とLINEなんて超キモくない？」

かなり渋っていたのだが、無理矢理、友達登録させた。

彼女の方からは滅多にメッセージは来ないし、俺の方も智奈美のあれこれを探るような真似はしたくないからほとんど連絡はしない。

智奈美のことは信用している。志乃がついている限りは何の問題もないというのもよく分かっていた。

三時ちょうどに智奈美はやってきた。事務所を訪ねてくるのは今日が二度目だ。

最初は三月に入ってすぐで、いきなり顔を見せ、「どうしたんだ？」と訊くと「散歩の途中」と答えて、五分ほどで帰って行った。「グルメ祭り」の準備でバタバタしていたからこっちも構ってやるヒマはなかった。

手土産にコーヒー豆を持ってきたので、その豆を挽《ひ》いてコーヒーを淹れる。

事務所の奥に大きな作業台があるので、その作業台に置かれた椅子に差し向かいで座って二人でコーヒーをする。

「志乃さんから何か聞いてるか？」

一昨日の夜から、お互い「志乃さん」、「勇さん」と呼び合うようになっていた。智奈美に対しても、だから「志乃さん」と言う。

「何にも」

智奈美は気づいたふうでもなく普通に返してくる。

志乃が俺の部屋に泊まったことも知っているのだから、当然、この変化に彼女が気づいていないはずはなかった。

「実は、十四日の日におかあさんと会ってきたんだ。俺が福岡に行った」

「そうなんだ」

マグカップを持つ智奈美の手がかすかに緊張したのが分かった。

「で、結論から言うと、お前はもう福岡に帰らなくていいし、学校も退学していいことになった。これからは俺と一緒に暮らすってことだ」

「ほんと？　おかあさんもそれでいいって？」

「ああ。お前の好きにすればいいと言っていたよ。彼女もこれから出産だし、長谷川とも一緒に暮らしたいだろうしな。というわけで、お前はおかあさんとの生活は今回で卒業ってことだ。まあ、その覚悟で家を出てきたんだろうし、そこは本気で気持ちを切り替えるしかないと俺は思う」

「分かった」

智奈美は言って、コーヒーを一口すする。

「おとうさん、よろしくお願いします」

「うん」

そこで俺もコーヒーをすする。

「それでだ、おかあさんと会った翌日、志乃さんとこれからのお前のことを話した。要するにこのまま志乃さんと暮らすのか、それとも俺と一緒に暮らすのかってことだ。俺は、いまより広い部屋を借りて、そこでお前と同居しようと考えていた。これ以上、彼女に甘えるわけにもいかないからな。志乃さんにそう言ったら、まず最初にお前の気持ちを確かめて欲しいと言われたんだ。お前が今後も、あの八潮パークシティで志乃さんと一緒に生活したいのなら、彼女はそれはそれで構わないという話だった」

俺がそこまで話したところで、

「家賃は？」

智奈美が口を挟んでくる。

「家賃？」

「そうだよ。志乃さんの家に住むんだったら家賃を払わないといけないじゃん」

「そんなのは必要ないだろう。というか向こうが受け取らないに決まっている」

「それはダメだよ。私はおとうさんじゃないんだから。おとうさんがあっちに住んで、私がおとうさんの部屋に住むんだったら話は別だけど」

「なんだ、それ」

「だから、とにかく家賃を幾らにするのか、二人で決めて欲しい。私が出せるのは申し訳ないけど月三万円が限界。いまの仕事だとそれ以上は無理。だから、オーバーした部分はおとうさんに出して貰いたい」

「家賃のことはさておき、ちょっと話を戻すぞ。ということはお前は彼女とこれからも一緒に暮らしていきたいんだな」

「当たり前じゃん。おとうさんには悪いけど」

「なんで俺に悪いんだよ」

「そりゃそうでしょう。本当はおとうさんが志乃さんと暮らすのが筋だからね」

「そんなこと考えちゃいないよ。向こうだってそんな気はないんだ」

「何を言ってるの、おとうさん」

そこで智奈美が姿勢を真っ直ぐにして、強い視線で俺を見た。

「そんなわけないじゃん。だけど、あとしばらくだけ、二人で会うときはおとうさんの部屋で会って欲しい。外泊なんて幾らしてもOKだから。私が大学に入ったら必ず出て行くんで、そしたら二人であそこに住めばいいよ。おねえさんにも私がそう言っていたって伝えておいて。あと、家賃のこともね」

「そうか……」

もう少し手順を踏んだやりとりをしたかっただけに、智奈美の砕けた話法にはなかなかついていけない感じがあった。まあ、それだけ彼女も大人になったってことか——そう考えるしかない。

「ちょっと基本的なことを訊いていいか?」

俺も改まった口調を作る。

「なに?」

智奈美が素直に反応する。そういうメリハリの利いたところは彼女の知性の表われでもある。

「せっかく俺のところに来たのに、どうして初めて会ったばかりの志乃さんとそんなに一緒に暮らしたいんだ?」

これは俺の素朴で「基本的」な疑問だった。あっと言う間に志乃と親しくなってくれたのは俺にとってもありがたい話だった。というより智奈美のおかげで俺たちはより強く結びつくことができた。智奈美は言ってみれば縁結びの神のような存在でもある。

だが、それにしても智奈美にしろ、志乃にしろ、会ったばかりでどうして互いをそんなに受け入れることができたのか?

そこは大きな謎なのだ。

「おとうさん、ちょっとこれ、見て」

智奈美は手元に置いていたバッグからスマホを取り出し、画面に何度かタッチするとそれをこちらに向けてきた。

そこには誰かのインスタグラムのページが表示されている。

ユーザーネームは「shinomiya2017」。プロフィール写真はどこかの運河沿いの光景だったが明らかに見覚えがあった。

俺は智奈美のスマホを手に取って、「shinomiya2017」がアップしている写真を一つ一つ確かめていった。風景写真、それも空を撮影したものが大半だったが、スクロールするとすぐにあの写真が見つかった。

細長い皿にウニの軍艦巻きと中トロの握りがずらりと並んでいる一枚。

「ちょっと貸して」

その写真を見ていると、智奈美が手を出してくる。

スマホを返すと、画面をいじって、

「これ」

とまた差し出してきた。

そこにもやはり見たことのある風景が写っていた。志乃と「宝田水産」で寿司を食った同じ一月十一日、試験販売の視察の帰りに「かもめ橋」で出会《でくわ》したとき、彼女が熱心に撮影していた紫色に光る空だった。

「下のコメント欄にchinabox06って人のコメントが載っているでしょう」

俺はコメント欄を開く。

〈すごーい。薄紫の空、ほんとうに美しい！　いつも素敵な写真をありがとうございます。〉

フォロワーのchinabox06がコメントを投稿し、これにshinomiya2017が応えて、いいね！のハートマークをタップしていた。

「そのchinabox06が私だったってわけ」

俺にはまだうまく飲み込めなかった。

ということは、志乃のインスタの五十二人のフォロワーのなかの一人が智奈美だったということなのか。

「おねえさんちに泊まって三日目の晩に、おねえさんがスマホでインスタに写真をアップしてるのを覗いたんだよ。そしたら、shinomiya2017ってユーザーネームだったからびっくり仰天しちゃった。『おねえさん、私がchinabox06ですよ！』って言ったら、最初、全然信じてくれなかったんだよね」

智奈美が声を弾ませている。彼女のそんな声を耳にするのは一体いつ以来だろうか。

「だからね、おとうさん」

身を乗り出すようにして智奈美が俺を凝視する。

「私とおねえさんが出会ったのはね、きっと偶然なんかじゃないんだよ」

確信に満ちた口調でそう言った。

38

幸の顔を見るのは、一月二十七日に彼女が東京品川第一病院を退院して以来だから、ほぼ二ヵ月ぶりだった。

電話したときは、

「たまには八潮に帰って来たら？」

と誘ったのだが、幸の方がどうしても大森界隈にしてくれというので、わたしがそっちに出向くことになったのだった。幸はいま、藤間の大将が住む大森のマンションで彼と二人で暮らしている。

アトレ大森の五階にある「麻布茶房《あざぶさぼう》」の前で午後三時に待ち合わせた。

場所は、幸が指定してきたのだ。

三時五分前に行くと、彼女は店の前ですでに待っていた。

「久しぶり」

言葉を交わしながら一緒に店に入る。

やつどきとあって、店内はそこそこ混み合っている。それでも、窓側の二人席が空いていて、わたしたちはそこに案内された。

水を持ってきたウエイトレスに、幸は白玉ぜんざい、わたしは抹茶御膳しるこを注文する。

「元気そうだね」

と言うと、

「そりゃ元気だよ」

幸が口角を切り上げて笑う。

「左肩はもう痛まない？」

「全然」

溌剌ぶりはこれまで通りだが、顔や首筋がふっくらとして、どうやら幸は少し太ったみたいだ。ただ、その分、白い肌に脂がのって色気が増したような気がする。今年で七十三歳になるとは到底思えない若々しさだった。

「あんたも元気そうに見えるよ」

そう言って、品定めするような視線を寄越してくる。

「ありがとう」

とかわす。

ちょうどそこへ白玉ぜんざいと抹茶御膳しるこが到着した。

幸は甘い物はそれほど好きではなかったはずだ。その彼女が「麻布茶房」を待ち合わせ場所に指定し、席につくと迷わず甘味を頼んだのは意外ではあった。

しかも、木製のスプーンを手にするといそいそとぜんざいを口に運ぶ。

「どうしたの？」

わたしが不思議そうな声を出すと、

「最近はこういうのばっかり」

幸がスプーンを持ったまま苦笑いを浮かべる。

「がんをやってから大将は禁酒してるんだよ。まさか私だけが飲むわけにもいかないからね。それでしょっちゅうこうやって二人で甘い物を食べていたら、いつの間にか癖になっちまったんだよ」

「へぇー」

わたしも自分のスプーンを取る。

ふたを持ち上げると抹茶のいい香りが立って食欲をそそってくる。わたしは甘い物は大好きだった。

「じゃあ、ここにもよく来るの？」

「土日のどっちかは必ずね。この店、大将がすごく気に入っているから」

なるほど幸はいかにも美味しそうにぜんざいをすすっていた。

毎週、土曜日か日曜日、藤間の大将と二人揃ってこの店に通い詰めているのかと思うと、目の前の幸の姿が華やいで見える。

彼女は退院後、恩田施設長のいる「サニーホーム大森東」には復帰しなかった。長年勤しんできた仕事から足を洗ったのだ。

熊谷さんの事件に懲りて訪問介護から施設介護の職に移ったものの、そこでもまた恩田施設長との恋愛沙汰で大事件になってしまった――幸がこの仕事に見切りをつけるのはやむを得なかったと言うほかあるまい。

退院して半月ほど経った頃、

〈今日、十三年ぶりに「藤間食堂」に手伝いに行ってきました。〉

というメッセージを貰ったから、恐らく大将と一緒にあの店で働いているのだろうと見当をつけていた。

今日の元気そうな様子からしてきっとそうに違いない。

「おかあさんも毎日、食堂には出てるの?」

それでも、一応確かめてみると、

「そりゃそうだよ。さすがに土日はどっちか休みにしているけどね」

幸が大きく頷く。

「夢子さんは?」

「夢ちゃんは、だいぶ前に辞めたんだよ。いまは一家で蓮沼《はすぬま》の駅の近くに住んでいるんだけど、結婚が遅かったからまだ子供たちも小さくてね。まあ、ときどき店を覗きには来てくれるんだけど」

「蓮沼」は東急池上線で「蒲田」の一つ先の駅だった。

ぜんざいとおしるこをそれぞれ半分ほど食べ進めたところで、幸がスプーンを置いて、

「ところで、今日は何か私に話があって来たんだろう?」

と言った。

「そうなの。おかあさんにちゃんと断っておきたいことがあるの」

わたしもスプーンを置いて答える。

幸はじーっとわたしの顔を見つめている。しばしの間をあけ、

「男だろ」

と言った。

さすがにその直感は鋭い。

「それもある。でも、実はそれだけじゃないのよ」

わたしは、できるだけ丁寧に勇のことや智奈美のことを話した。

幸は一言も口を挟まずに黙って聞いている。

「そういうわけだから、その智奈美ちゃんが大学に入るまでのあいだ、あの家で一緒に暮らそうと思っているの。おかあさんの家なのにそんな勝手なことを決めてしまって申し訳ないんだけど、是非、許して欲しくて今日は会いにきたの」

幸は、なんだそんなことかという顔をしている。

「そんなの、あんたの好きにすればいいよ。私はどうせあの家にはもう帰らないし、私が死ん

だらあそこはあんたに譲るんだから。何だったらすぐにでも名義を変えてしまおうか。そっちの方があんたも気兼ねをしなくて済むし、それこそ私が大将と一緒になる前の方が都合がいいしね」

と言った。

「おかあさん、藤間さんと再婚するつもりなの？」

わたしの方は、「私が大将と一緒になる」という幸の一言に驚いていた。本気だというのは最初から分かっていたが、二人が所帯を持つという発想はまるでなかったのだ。

「大将はそう言ってくれてるけどね」

幸が少し照れたような笑みを浮かべる。

「いつ？」

「そんなのいつでもいいよ。まあ、前の奥さんが亡くなってこの五月で丸三年だから、それが過ぎたらとは思っているんだけど」

「五月？　もうすぐじゃない」

「まあ、そうなんだけどね」

ますます幸は照れていた。

再婚する前にあの潮入北第一ハイツをわたしの名義にした方が「都合がいい」というのは、相続のことを考えての判断なのだろう。

「そうなんだ……」

わたしの方は、勇や智奈美のことを伝えにきて返り討ちにあったような気分だ。

「夢子さんも賛成してくれてるの？」

藤間の大将の場合は、大田市場の食堂を始め、それなりの資産を抱えているだろう。一人娘の夢子さんにすれば相続の問題は気になる部分に違いない。

「もちろんだよ。前の奥さんとのことはあったけど、もとから夢ちゃんとはずっと仲良しだったから」

幸はその辺は頓着していないふうだった。

まあ、気っ風のいい幸が夢子さんと相続で揉めるようなことは万に一つもなかろうし、そこは夢子さんだって充分に承知しているに違いない。それより大病を患った父親の世話を、介護のプロでもある幸に託せるのであれば、父親思いの娘としては願ったり叶ったりといったところか。

「それよりあんたの方こそどうするの？　その箱根さんという人もあそこに呼んで、三人で一緒に暮らそうと思っているの？」

幸が幾らか顔をしかめて訊ねてくる。

「そんなふうには思っていないよ。まずは智奈美ちゃんを大学に入れて、わたしたちのことはそれからだと考えているし」

「へぇー」

呆れたように呟き、

「だけど、そういうのを本末転倒って言うんじゃないのかい」

と言ってくる。

「本当なら、あんたと箱根さんが一緒に暮らして、その娘さんがよそに部屋を借りるのが筋だろう。もう十七にもなるんだったら」

「まあね……」

幸は痛いところを衝いてくる。

「そんな母親の真似事なんてしていないで、あんたもまだ若いんだから、箱根さんとのあいだに自分の子どもを作るのが先決なんじゃないかね。私なんてそうしたくたって、もうできないのが悔しいくらいなんだからね」

幸がびっくりするようなことを口にする。

「おかあさん、いまからでも大将の子どもを産めたら産みたいわけ」

「そりゃそうだよ。これでも心も身体もまだまだおんなだからね、私は」

「へぇー」

今度はわたしが呆気に取られる番だった。

勇とは頻繁に会っている。十日ほど前に男女の仲になって、やはり会う回数は一気に増えた。わたしが彼の部屋を訪ねて、そのまま泊まっていくこともあったが、大体は家に帰るようにしている。

勇のカローラスポーツが思わぬほど役に立っていた。

連合会事務局のそばにも専用の駐車場があったので、うちの駐車場とそことを車で行き来することができた。勇のマンションと潮入北第一ハイツは深夜ならば十五分もかからない距離なのだ。

いまの幸の言葉を聞いて、すぐに智奈美の母親である智子さんのことを思い出していた。これから二番目の夫の子どもを産む彼女は、わたしより四歳年長の四十九歳。

——だとすれば、わたしにも勇の子を産むことができるのかもしれない？

いままでは考えたこともなかったが、言われてみると、それはにわかに現実味を帯びてくる。

——そうすれば、ずっと抱えてきた龍一へのわだかまりもきれいさっぱり消えてくれるのだろうか……。

ふとそう思う。

「恩田さんからは、あのあと何にもないの？」

自分の想念を追い払いたくて、幸に訊いた。

「ないねえ。私の怪我のことは表沙汰にしなかったから、いまでもあそこで働いているみたいだけどね。大将がどんな話をつけたのか詳しくは聞いていないしね。ただ、結局、慰謝料も治療費も一切請求しなかったみたいだね」

「そうなんだ。でも、それじゃあ、おかあさんが一方的に怪我させられただけじゃない」

「まあねえ」

幸もちょっと不満そうな表情になる。

「でも、大将がそれでいいなら仕方がないよ。もとは私の身から出た錆《さび》だしね」

幸は小さく息をついて、

「施設長には悪いことをしたけどね、でも、私はやっぱり藤間の大将と一緒に生きて行きたかったんだよ。施設長は気持ちの優しい人だったし、私にもぞっこんだった。あの日は、その優しさが一挙に裏返って、あんなことをしちゃったんだろうね。別れ話がこじれていたから、私も突き飛ばされたとき、ああ、ついに来たかって気がしたよ」

「ついに来た？」

「そう。人間の心のなかには誰にだって嵐があるからね。施設長の心の嵐がついに自分に襲いかかってきたって思ったよ」

「心の嵐？」

「そう」

幸が頷く。

「だけどね、藤間の大将とはウマが合うんだよ。どんなに派手な喧嘩をしたって、その直後にベランダの夕焼けをふっと眺めてさ、『なんてきれいな夕焼けなんだろうねえ』って言い合えるんだよ。こればっかりは理屈じゃない。生まれつきみたいなもんだからね。生まれつきの性分と同じように、きっと生まれつきの関係ってのがあるんだよ。私だって、そんな人と出会ったのは、後にも先にも藤間の大将一人だもの」

幸はそう言って、

「志乃ちゃん、私はもう何にも怖くない。龍一も先に逝ってしまったし、死ぬこともちっとも怖くはない。だから、これからは多少の無理をしてでも、自分のやりたいように生きて行きたい。志乃ちゃん、あんただってそうだよ。誰にも遠慮はいらない。自分の好きなようにやりたいように生きればいいんだよ」

と付け加える。

「ありがとう、おかあさん」

わたしは小さな笑みを作り、少し前に身を乗り出した。

「だったら一つだけ、おかあさんに教えて欲しいことがあるの。ずっと訊かないできたんだけど、実は、そのことも訊いてみようと思って今日は会いに来たの」

この言葉に、幸は、一瞬身構えるような気配を見せた。

39

月城《つきしろ》マリアは龍一の幼馴染みだった。

同じ「八潮パークシティ」に長年住んで、月城家と野々宮家は家族ぐるみの付き合いだったという。マリアの家は一女二男の五人家族。長女のマリアは龍一と小学校、中学校の同級生で、高校進学のときに離れ離れになったが、卒業後、龍一が工業専門学校に入り、マリアが旗《はた》の台《だい》にある明和《めいわ》医科大学附属の看護専門学校に入学すると、二人は本格的に付き合うようになる。

龍一の恋人はずっとマリアだった。

そのマリアと別れて五年も過ぎた頃に、彼は二人目の恋人、つまりわたしと出会ったのである。

わたしが「八潮パークシティ」に住み始めたときには月城家の人たちはすでにいなかった。トラックの運転手をしていた夫の敏郎《としお》さんが事故死し、奥さんのソフィアさんはマリア以外の子供たちを連れて故郷のフィリピンに帰国してしまっていたのだ。

看護学校を出て系列の大学病院で働いていたマリアだけが日本に残り、仕事を続けたのだった。

龍一が、なぜマリアと別れたのかはよく分からない。

そもそもマリアの存在自体、わたしが知ったのは龍一が亡くなる五年ほど前に過ぎなかった。

あれは、二〇一〇年（平成二十二年）四月の肌寒い夜のこと。

午後から降り出した雨は、夜半になって本降りに変わっていた。天気予報では朝まで強い雨が降り続くだろうとのことだった。

夜の十一時を過ぎた頃、いきなり玄関のチャイムが鳴った。

古い団地だからオートロックもインターホンもない。何度も鳴って、わたしも龍一も寝入りばなを叩き起こされる恰好になった。

いつも早めに就寝する幸けすでに眠り込んでいた。

時間が時間だけに龍一が慌てて玄関に出る。

わたしもパジャマの上にカーディガンを羽織って、リビングから様子を窺った。

ドアの開く音がして、そのあと龍一と誰かの話し声が聞こえた。相手は女性のようだ。

ほどなく背が高く髪の長い女性が龍一と一緒にリビングに入ってくる。

その彼女が月城マリアだった。むろんわたしとは初対面だし、名前を知ったのもそのときが初めてだ。

異様だったのは、マリアが雨でびしょ濡れだったことだ。

どうやら彼女は傘もささずに訪ねて来たらしかった。

「志乃、とりあえずバスタオルを」

龍一に言われてわたしは洗面所で大きなバスタオルを摑んでリビングに戻る。マリアはすでに濡れそぼった薄手のコートを脱いでいた。

そこでさらに驚愕すべき光景をわたしは見る。

彼女はコートの下に下着以外、何も着けていなかったのだ。

「志乃、マリアに何か着るものを渡してくれ」

玄関の方から龍一の声が聞こえる。どうやら彼は、コートを脱いだマリアの姿を見てすぐにリビングから出たようだった。濡れたコートを玄関のコート掛けに掛け、彼女が服を身につけるまでそこで待機するつもりなのだろう。

マリアは急いで髪をバスタオルで拭き、わたしが渡したルームウエアを着る。そのあいだも、

「ほんとうにごめんなさい」

消え入るような声で言うばかりだった。目元には涙が滲んでいる。

瞳が大きく、鼻筋が通り、唇は厚かった。太い眉毛もロングの髪の毛もつやつやと黒く輝き、日本人の黒髪とはちょっと雰囲気が違う。

「幼馴染みの月城マリアさん」

さきほどの龍一はそれだけしか言わなかったが、その名前となめらかな小麦色の肌からして東南アジアの血が混じっているのは確実だろう。

龍一がリビングに戻り、わたしはキッチンで三人分のコーヒーを淹れた。

カップをお盆に載せてリビングに戻ると、ダイニングテーブルの前に龍一とマリアが並んで座り、二人とも黙り込んでいた。

わたしが向かいの席についた途端、

「今晩、マリアさんをここに泊めていいかな？」

龍一が訊いてきた。

「それより、マリアさんに一体何があったのか教えてちょうだい」

わたしは二人の雰囲気に常ならぬものを感じていた。

「こんな夜中に突然、お邪魔してほんとうにごめんなさい」

コーヒーを一口すすったあと、またマリアが謝った。ただ、その声はずいぶんと落ち着きを取り戻していた。

「他に頼れる場所がどうしても見つからなくて……」

まずは自己紹介をしたのち、マリアは、事の経緯を詳しく説明し始めた。

その説明を聞いて、わたしは耳を疑った。彼女の隣に座っている龍一も眉をひそめ、表情を曇らせていた。ただ、その反応は何かしらの事情をすでに知っている人間のそれのように思われた。

そもそも家族ぐるみで親しかった彼女の名前が、これまで龍一の口から一度も洩れなかったのが不自然だった。

いきなり深夜にこうして助けを求めてきたという事実からも、マリアと龍一とのあいだに深い信頼関係が結ばれているのは確かだろう。

二人がかつて恋人同士だったことは、龍一がマリアの存在を一度も明かさなかった点からしても容易に想像がついた。

問題は、いま現在の二人の関係がどうなっているかだった。

マリアは、男から裸同然で外に放り出されてしまったのだった。

男の名前は三上伸也《みかみしんや》。旗の台にある明和医科大学附属病院消化器外科に勤務するドクターで、マリアとは彼女が本院の消化器外科病棟で働いている頃から恋愛関係にあった。

一年前、マリアは豊洲《とよす》の分院に転勤になったが二人の仲は続いていた。

そして、その日の夕方、三上は「どうしても話したいことがある」と急に連絡を寄越して、自分の車で豊洲の分院までマリアを迎えに来たのだった。

すでに雨足は強まっていた。

もとから嫌な予感はあった、とマリアは言った。三上とは三年以上の付き合いだったが、ずっと彼の異様な嫉妬心に悩まされてきたからだ。

行きつけの豊洲の割烹《かっぽう》で夕食をとり、二人は車で三上の住む五反田のマンションに向かった。三上がマリアの〝ヘンな噂〟を持ち出してきたのは、この帰りの車中でだった。

豊洲病院のドクターとマリアが浮気をしている、というのである。

そういう話は半年に一度くらいの割合で彼の口から飛び出し、そのたびにマリアは釈明に追われるしかなかった。豊洲ではオペ室の担当だったので、彼女はいつも疲れていた。まして、その日は午後から大きな手術があって疲労困憊《ひろうこんぱい》だった。生理だったというのもある。

「もう、ほんと、いい加減にしてよ！」

助手席で思わず大声を上げると、三上のマンションまであとわずかという場所で彼は急に路肩に車を止めた。池田山《いけだやま》の住宅街で道には人っ子一人歩いてはいない。フロントガラスに打ちつける雨はワイパーがほとんど利かないくらいの豪雨になっていたのだ。

「降りろ」

怒りを押し殺した声で三上は言った。マリアが啞然とした顔で彼を見ると、三上は土砂降りの中、車から降りて助手席のマリアを引きずり出し、あげく彼女の着衣をすべて剝ぎ取り、バッグを奪い取り、後部座席にあったスプリングコートだけを投げつけると車に戻ってあっと言う間に走り去ってしまったのだった。

突然の激しい暴力に喉が詰まって声も出せなくなっていたマリアは、ずぶ濡れになりながら道路の端でしばらく泣いていた。だが、通りかかる車も人もいるはずもなく、やがて立ち上がって濡れそぼったコートを身にまとうと助けを求めて歩き始めた。

そして、さまようように二時間近くも歩き続け、ふと気づいたら龍一の住む潮入北第一ハイツ65号棟の前に立っていたのだった。

マリアはわたしたちの寝室の隣の部屋に一泊すると、翌朝帰って行った。リビング横の部屋で眠っていた幸は、朝食のときにマリアの姿を見つけてびっくり仰天していた。

その日の夜、わたしは龍一からマリアとのこれまでの関わりを詳しく聞いた。

「どうして彼女と別れたの？」

わたしの質問に、

「僕が振られたんだよ。当時、彼女は横浜《よこはま》の分院にいたんだけど、そこのドクターのことを好きになったんだ。で、別れて欲しいと言われた」

龍一は答えた。

「じゃあ、そのドクターが三上という人？」

「それは多分違うだろう。僕とマリアが別れたのはもう十年以上も前の話だからね」

「ということは、あなたと別れる原因になったドクターとは、結局、結婚はしなかったってこと？」

「たぶんね。別れたあと彼女とはほとんど連絡は取り合わなかったし、志乃と一緒になってからはゼロだから、僕にも詳しいことは分からないんだ」

「だったら、最後に彼女と会ったのは？」

「全然会っていなかったよ。顔を見たのだって、昨日が七、八年振りくらいだったからね」

龍一は偽りを述べているようには見えなかったが、しかし、真実を語っているようにも見えなかった。

わたしはその数日後、旗の台の明和医科大学附属病院を訪ね、マリアを雨の中で車から放り出したという三上伸也医師に面会した。

「月城マリアさんのことでお話があります」

と電話口でいうと三上医師はすぐに会ってくれ、

「マリアに何かあったんですか？」

わたしの顔を見た瞬間に、彼は心配げな表情でそう訊いてきた。あの豪雨の夜の話をすると、三上は唖然とした面持ちで、

「マリアとは去年、別れました。その話は僕にはまったく身に覚えがない。誰か別のドクターと勘違いしているんじゃないですか？」

そう言ったのだった。

「先生がすごく嫉妬深い人だった、とマリアさんは言っていますが」

「それはそうかもしれない。でも、それも当然と言えば当然だったと思います。何しろ、彼女の男性関係は余りにも奔放でしたから」

三上が嘘をついているとはわたしには到底思えなかった。

月城マリアは、二〇一〇年四月のあの日、どうしてあんな恰好で突然、わたしたちの前に姿を現わしたのだろうか?

あれはほぼ間違いなく彼女の狂言だった。

見え透いた大芝居を打ってまで彼女がわたしたちの家にやってきた目的は一体何だったのだろうか?

その後、マリアが訪ねてくることは一度もなかった。

龍一も彼女について口にすることは一切なく、まるであの出来事全部がなかったかのように振る舞っていた。むろん、わたしが三上医師と会ったことは彼には告げなかった。

龍一の葬儀の日、式場に駆けつけたマリアは顔面蒼白《がんめんそうはく》だった。ただ、一粒の涙も流さなかった。

それから数ヵ月後、わたしは突然、三上医師から電話を貰った。マリアのフィリピンでの連絡先を教えて欲しいと問い合わせてきたのだ。

「マニラ市内だというのは分かっているんですが、同僚の看護師たちに訊ねても誰も電話番号さえ知らなくて。野々宮さんだったらもしかしたらご存じではないかと……」

三上医師はひどく困惑した様子だった。

龍一の死からほとんど時日を置かず、マリアが仕事を辞めて母や弟たちの住むフィリピンに向かったことをわたしはその電話で初めて知ったのである。

40

これは本当のことだよ。いまさらあんたに嘘や誤魔化しをしても仕方がないからね。正直に言わせて貰うよ。たしかに、あんたの言う通り、龍一とマリアの関係が怪しかったのは確かだと私も思う。だけど、私も、本当のところはよく分からないんだ。あの子たちがどうして別れたのかも、そのあとどういう付き合いだったのかも、そして、あんたと一緒になったあと二人がどんなふうだったのかも、私にはよく分からない。

というより、私自身、あの二人がどんな気持ちでお互いを見ていたのか、いまでもよく分かっちゃいないんだよ。

マリアはね、気の毒な娘だったんだよ。

小さい頃、あの子はずっと父親の敏郎さんにいたずらされていたんだ。

ソフィアさんも最初は全然気づかなくて、弟たちから言われて初めて知ったらしい。それからはマリアを必死になって庇《かば》ったみたいだし、たまに私のところへ来て、「マリアにはほんとうに悪いことをした。私が愚かな母親だった」と泣いていたよ。

龍一はずっとそういう相談をマリアから受けていたんだと思うね。あの子もそんなことは一言も口にしなかったし、逆に私だってソフィアさんから聞いた話は何にも龍一には教えなかった。

　でも、マリアは敏郎さんのことだけじゃなくて、見て見ぬふりをしていたソフィアさんのこともずっと恨んでいたと思うね。ソフィアさんは気づかなかったというけど、まあ、あんな狭い団地に家族五人で一緒に暮らしているんだからね、気づこうと思えば気づけたのは確かだと私も思うよ。

　高校に入るときからマリアは八潮を出て、外でアパート暮らしを始めて、それ以降は一切八潮には足を踏み入れなかった。龍一と付き合っていたけど、うちに顔を見せることもなかったね。

　マリアと会うときは、いっつも龍一と二人で八潮の外で会っていたんだ。

　敏郎さんが北陸の高速道路で大きな事故を起こして亡くなったのは、マリアが看護学校を卒業して二年くらい経ったときだった。その葬式にもマリアはちょっと顔を出しただけで、結局、お骨も拾わずに帰って行ったよ。

　そういうのを見て、ああ、やっぱりこの子の怒りはちっともおさまっていないんだと思ったよ。だから、彼女がソフィアさんや弟たちと一緒にフィリピンに帰らなかったのは当然だった。もちろん龍一がいたのが一番大きかったんだろうけどね。

　龍一はね、きっと疲れたんだと思うよ。そんなマリアと長年付き合って、どうやら彼女の浮気癖にも手を焼いている感じがあったからね。

一回だけ、龍一に訊いたことがあったんだよ。あれはいつだったかなあ。二人が別れる少し前だったような気がする。

「あんたたち、一体いつになったら所帯を持つつもりなんだい？」

って。そしたら龍一がぽつんとこう言ったんだよ。

「かあさん、彼女は僕と結婚したって幸せにはなれないんだ」

「じゃあ、あんた以外の一体誰と結婚したら、マリアは幸福になるんだい？」

私が言い返したら、龍一がね、

「たぶん、そんな相手は、この世界のどこを捜したって見つからないんだよ」

ってさみしそうな顔で笑ったんだよ。

41

三月三十一日金曜日。

わたしたちは、ＪＲの「大井町」駅で待ち合わせ、午後四時二十二分発の電車で水道橋《すいどうばし》へと向かった。

試合開始は午後六時十五分。大井町から水道橋までは三十分程度だから、プレーボールの一時間以上前に余裕で東京ドームに着くことができる。

今日は開幕戦なので、試合が始まる前にいろんなイベントがあるだろう。そういうのも観たいと勇に言われて、わたしは「じゃあ、少し早めに行きましょう」としか言えなかった。

龍一とドームに出掛けるときもいつも大井町までバスを使い、ＪＲに乗っていた。京浜東北《けいひんとうほく》線で秋葉原《あきはばら》へ行き、そこで総武線に乗り換える。何度も通った道だった。

その道を今日は勇と辿《たど》る。

そんな日がまた自分に訪れるとは予想もしていなかった。

大森で幸と会った日曜日が、戸越銀座商店街「春のグルメ祭り」の二日目最終日だった。その晩、久々に勇と「オルチャン」で晩御飯を食べたが、彼は疲労困憊の態だった。

「イベントも終わったんだし、しばらくはゆっくりしたら」

暢気なことを言うと、

「そうもいかないんだよ。これからいろいろ残務整理があって、今週いっぱいはてんてこ舞いだよ。五十を過ぎると睡眠不足がさすがに堪えるね」

とぼやき、

「何もかも一人でやっているから手が足りないんだ。アルバイトでいいからもう一人雇って貰いたいよ」

彼にしては珍しく弱音を吐いていたのだった。

すると、その勇が水曜日に電話してきて、

「金曜日のジャイアンツの開幕戦のチケットが二枚手に入ったから行こうよ」

と誘ってきた。

「グルメ祭り」の初日に彼は古いコネを使って巨人の若手選手二人を招き、サイン会を開いたのだが、折しも二十二日のＷＢＣ決勝で日本が三大会振りの優勝を果たして全国的に野球熱が高まっていたこともあり、このイベントは大盛況だったらしい。イベントに協力してくれた読売の販売店の店主が大喜びして、開幕戦のペアチケットを勇にプレゼントしてくれたのだという。

日曜日はぐったりした様子だったのが声を弾ませているのに触れて、せっかくの誘いを断ることができなかった。

龍一がどんなふうに亡くなったのか、彼には話していない。

おまけに、金曜日の夜はバイト仲間と外食すると聞いていたから、「だったら智奈美ちゃんと一緒に行けば」と逃げるわけにもいかなかったのだ。

智奈美との同居もすでに一ヵ月を過ぎたが、実にスムーズにいっている。

彼女は週のうち五日はバイトに精出し、二日間の休みのうち一日は図書館に籠もって終日勉強していた。バイトの日も夕食後、欠かさず二時間は机に向かっている。

その適応能力には舌を巻くばかりで、そんな様子を伝えると、勇も、

「一体誰に似たんだか……」

と呆れているくらいだった。

実際、わたしと智奈美はあっと言う間に打ち解け、もう何年も一緒に暮らしている親子か叔

母と姪《めい》のような感じになっている。

智奈美と智子さんは血が繋がっているとはいえ肌合いがだいぶ違ったようだ。

「おとうさんが出て行ったあと、おかあさんが泣いているところを一度だって見たときがない」

と智奈美は言っていたし、

「小さい頃から私が泣いていると、おかあさんは、いつも泣いちゃダメって言うの。私は泣いてストレスを解消するタイプなのに、それがよくない、もっと強くなれって。そういう押しつけがほんとうにイヤだった」

「おとうさんは正反対で、泣きたいときは思い切り泣けばいい、そうやって自分の感情を信じられるようになればいいんだって。そして、そういう涙もろい人の方が、他人のためにちゃんと泣くことができるんだって言ってくれた」

「おかあさんは即物的過ぎるんだよ。おとうさんは、あんなに小説が上手なんだから、ちゃんと書かせてあげればよかったんだよ。私なら絶対にそうしてた」

などとも言っている。

こういう言動に接すると、彼女が勇のところへ〝戻ってきた〟のは必然だったような気もするのだった。

電車が秋葉原に到着し、わたしたちは総武線の五番ホームへと上がった。

秋葉原の総武線のホームには上下線共に有名なミルクスタンドがある。「世界一回転の早い飲食店」としてしばしばテレビやネットで紹介されている。

普通のキヨスクの倍ほどの間口があって、いまでは滅多にお目にかからない瓶詰め牛乳がショーケースにずらりと並んでいる。品揃えも豊富で、普通の牛乳だけでも大手メーカーのものから、地方でしか取り扱っていないようなご当地牛乳まで幅が広い。他にもコーヒー牛乳、いちご牛乳、パイン牛乳、オレンジ牛乳、フルーツ牛乳とフルラインナップだった。瓶詰めの青汁まで置いてある。

いまもひっきりなしに客が訪れ、選んだ牛乳の栓を店員に開けて貰ってさっと飲んではそそくさと電車待ちの列へと加わっていく。

「なんか飲む？」

勇に訊かれてわたしは意外な気がする。

「いらない」

「そう」

あっさりと受け流し、彼は一人でミルクスタンドの前まで行って何か注文している。

わたしは呆気に取られてそんな姿を見ていた。

勇が受け取ったのはフルーツ牛乳だった。黄色の絵の具を混ぜたような不思議な色の牛乳だ。

瓶を受け取るとわたしの方へ一度かざしてから、あっと言う間に飲み干し、空き瓶を店員に返してこちらに戻ってきた。

「よくあんなヘンな牛乳が飲めるね」

からかうと、

「志乃さんはフルーツ牛乳、飲んだことないの？　すごく美味しいよ」

真顔で言い返してくる。

ちょうどそのとき「三鷹《みたか》」行きの電車がホームに滑り込んできて、わたしたちは慌てて乗り込んだ。「水道橋」はここから二つ目の駅だ。

乗客の半分以上が「水道橋」で降車し、狭いホームは一気にごった返す。西口の改札へと向かう人の列に並びながら、わたしは八年前の八月二日を思い出さざるを得ない。

対戦カードは今日と同じ巨人対中日。だが、あの日は日曜日でデイゲームだった。試合開始は午後二時。十二時過ぎには水道橋駅に着いたが、ホームの混雑振りはこんなものではなかった。まるでデモ隊のように牛歩で改札を抜け、そのまま陸橋を渡り、一団となって東京ドームシティへと雪崩《なだ》れ込んだのだった。

今日は、それよりは空いていた。平日とあって、巨人ファン、中日ファンの何分の一かはいまだ仕事中なのだ。

それでもドーム周辺は大混雑している。わたしは勇とはぐれないよう注意しながらすたすたと歩いて行く彼のあとを追った。

「20番ゲートだから、少し歩くよ」

人波をかき分けながら勇が声を掛けてくる。

野球殿堂博物館の前を通過して20番ゲートに着くと長蛇の列ができている。最後尾につけて順番を待つ。今月の十三日に〝マスクの有無は本人次第〟と政府の方針が変わったのだが、それでもほとんどの人がマスクを着けている。わたしたちもそうだった。

ゲートの入口に体温を測定するモニターが設置され、平熱を確認して次のステップへと進む。前を行く勇は手荷物検査を受けたので、手ぶらのわたしが先にゲートを抜けた。

リュックを手に提げた勇を待ってから、中へと入って行く。

ドーム内に一歩足を踏み入れた途端に急速に時間が巻き戻されていくのを感じた。

大勢の人たちが行き交う通路の向こうには、すでに半分以上が埋まったスタンドが見える。人々の動きや話し声、応援の練習などが一緒くたに混ざり合って球場独特の喧騒とどよめき、熱気が生まれている。

「お弁当、買っちゃう？」

マスクを取った勇に言われて首を振った。わたしもマスクを外す。

「いま一番混んでいる時間帯だから、試合が始まってから買いに行きましょう」

龍一や幸と一緒に観戦していたときはいつもそうしていた。

「オーケー。じゃあこのまま席まで行こう」

20番ゲートに入るときに勇から手渡されたチケットをわたしは見る。

〈1階席　11通路　1塁側　26列　３０５番〉

勇も手元のチケットで場所を確認し、11番通路の入口へと向かう。わたしはその後ろについていった。

ジャイアンツの選手たちが練習をしている、その光景が間近に望める絶好の席だった。背後には席がなく、人々が通り抜ける通路となっている。わたしが26—305で、勇が26—306。わたしの右隣に勇が座った。

——交代して貰おうか……。

一瞬、思いが脳裏を過ぎる。龍一が死んだとき、彼はわたしの右隣の席だった。

同じ一塁側の一階席。似たような場所だったことも、シートに腰を下ろして人工芝のグラウンドを眺めたときに思い出していた。

——まさか……。

——そんなことがあるはずもない……。

わたしは「席を替わって貰っていい？」という言葉をぐいと飲み込む。

「東京ドームなんて何年ぶりだろう。福岡にいるときヤフオクドームには何度か行ったことがあったけど」

勇はリュックを足下に置きながら、すこし興奮気味に言う。

「志乃さんは？」

不意に訊かれて、

「わたしも十年振りくらいかも」

適当に答える。

時間がどんどん遡行《そこう》しているのを感じる。

やっぱり来るんじゃなかった——と思う。そう思ったのは、ドームに入ってからではなかった。秋葉原駅のミルクスタンドで勇がフルーツ牛乳を一気飲みする姿を見た瞬間、わたしは今日のドーム行きを深く後悔したのだ。

八年前、龍一と真夏の東京ドームへと出掛けたときも、蒸し暑い総武線のホームで龍一は何を思ったか、あのミルクスタンドで同じフルーツ牛乳を買って飲み干したのだ。

彼がそんなことをするのは初めてだった。

「どうしたの？　急にヘンな牛乳なんて飲んで」

わたしが笑うと、

「僕、むかしからフルーツ牛乳が大好きなんだ。それで急に飲みたくなった。今じゃ滅多に見かけないからね」

汗ばんだ顔で龍一は笑い返し、

「知らなかっただろう？」

彼にしては珍しく、おどけたような仕草をしてみせたのである。

試合は、巨人の開幕投手ビーディが初回に開始五球で先制点を献上し、三回までに二失点と締まらない展開となった。四回裏に巨人五番の中田《なかた》がソロホームランを放って一点差に追いつき、そこからはビーディも立ち直って中日に追加点を与えないまま降板。巨人は継投へと移る。

四回裏の巨人の攻撃が終わると、わたしは席を離れ、勇にはリクエストのホットドッグを、自分にはクリスピーチキンバーガーを買って戻ってきた。飲み物はそのあいだに勇が売り子さんからビールを二つ調達してくれていた。
五、六回と両軍とも点を取れず、二杯目のビールを売り子さんから買った七回表あたりで、
「かったるい試合だなあ」

勇が、ぼそりと呟くのが聞こえた。

その一言でふたたび時間が逆戻りしているような不安に陥ってしまう。

山場は終盤、八回裏の巨人の攻撃の場面で訪れた。

一番オコエは三振に倒れたものの二番吉川《よしかわ》がレフトヒットで出塁。三番の丸《まる》が凡退のあと四番岡本《おかもと》がセンター前ヒットを放って、巨人はツーアウトながらランナー一塁、二塁の好機を迎えた。続くバッターは四回にホームランを打った五番中田。中田の登場で一塁側のスタンドは一気に鯨波《げいは》のような大歓声で盛り上がる。

「中田、今度も打ってくれるかなあ」

わたしが異変に気づいたのは、隣の勇にそう声を掛けたときだった。

彼はほとんど空になったビールのプラコップを手元でぶらぶらさせたまま俯いて身じろぎもしていなかった。

「勇さん」

慌てて彼の肩を揺する。

その瞬間、わたしはずっと失っていた記憶を脳裏に鮮明によみがえらせたのだった。

そうだった。あのときも首を折って深く俯くような姿勢でじっとしている龍一を見て、自分はこんなふうに彼の左肩を揺すったのだった。

「勇さん！」

わたしが絶叫したのと、中田が右翼線に鋭い打球を放ったのとはほとんど同時だった。周囲からすさまじいどよめきが起こり、わたしの叫び声はその大きな声の津波に飲み込まれていく。

両手で勇の肩を激しく揺すった。

もう野球のことなど頭から吹っ飛んでいた。耳をつんざく大歓声も聞こえなかった。勇の名前を叫ぶ自分の声も聞こえない。

どれくらい長い時間が過ぎたのだろう。

永遠とも思えるような時間だったのかもしれない。

ぐったりしていた勇の身体に不意に力が戻ってきて、彼の頭がゆっくりと持ち上がった。その途端、聴力が回復する。

「ごめん、寝ちゃってた」

勇が照れくさそうな笑みを浮かべてわたしを見ている。

「よかった。勇さん、ほんとうによかった」

わたしは彼の肩をさらに力一杯揺さぶっていた。

「志乃さん、どうしたの？」

勇がこちらを見つめている。

わたしは、そのぽかんとした顔を見返しながら、いつぞや彼が口にした言葉を思い出していた。

「志乃さんがこれまで付き合ってきた男は、亡くなった旦那さんも含めて志乃さんにとっては一人の男みたいなものだってことです。つまりは志乃さんという歴史にとって彼らは重なり合う一体のもので、それがそのまま志乃さん自身でもあるってことです」

龍一さん、と心の中で懐かしい名前を呟く。

――龍一さん、わたしはこうして生きていますよ。これがわたしの歴史なんです。

「志乃さん」

勇が今度は心配げな声になってわたしを呼んだ。

そのとき、自分の頰が濡れていることにようやく気づいた。

そして、そう気がついた途端、とめどなく溢れ出る涙を抑えることができなくなってしまった。

この物語はフィクションであり、登場する人物、および団体名は、実在するものといっさい関係ありません。なお、本書は書下ろし作品です。

——編集部

切りとり線

あなたにお願い

この本をお読みになって、どんな感想をお持ちでしょうか。次ページの「100字書評」を編集部までいただけたらありがたく存じます。個人名を識別できない形で処理したうえで、今後の企画の参考にさせていただくほか、作者に提供することがあります。

あなたの「100字書評」は新聞・雑誌などを通じて紹介させていただくことがあります。採用の場合は、特製図書カードを差し上げます。

次ページの原稿用紙（コピーしたものでもかまいません）に書評をお書きのうえ、このページを切り取り、左記へお送りください。祥伝社ホームページからも、書き込めます。

〒一〇一―八七〇一　東京都千代田区神田神保町三―三
祥伝社　文芸出版部　文芸編集　編集長　金野裕子
電話〇三（三二六五）二〇八〇　www.shodensha.co.jp/bookreview

◎本書の購買動機（新聞、雑誌名を記入するか、○をつけてください）

＿＿新聞・誌の広告を見て	＿＿新聞・誌の書評を見て	好きな作家だから	カバーに惹かれて	タイトルに惹かれて	知人のすすめで

◎最近、印象に残った作品や作家をお書きください

◎その他この本についてご意見がありましたらお書きください

100字書評

かさなりあう人へ

住所

なまえ

年齢

職業

白石一文（しらいしかずふみ）
1958年、福岡県生まれ。早稲田大学政治経済学部卒業。文藝春秋勤務を経て、2000年『一瞬の光』でデビュー。09年『この胸に深々と突き刺さる矢を抜け』で山本周五郎賞を、10年『ほかならぬ人へ』で直木賞を受賞。他の著作に『道』『松雪先生は空を飛んだ』『投身』など多数。

かさなりあう人《ひと》へ

令和5年10月20日　初版第1刷発行
令和5年11月10日　第2刷発行

著者——白石一文《しらいしかずふみ》
発行者——辻 浩明
発行所——祥伝社《しょうでんしゃ》
〒101-8701 東京都千代田区神田神保町3-3
電話 03-3265-2081（販売） 03-3265-2080（編集）
03-3265-3622（業務）
印刷——堀内印刷
製本——ナショナル製本

ISBN978-4-396-63652-4 C0093
祥伝社のホームページ・www.shodensha.co.jp

祥伝社

四六判文芸書

痛快で心震える、
最高のシスターフッド小説！

照子と瑠衣

照子と瑠衣、ともに七十歳。
夫やくだらない人間関係を見限って、
女性ふたりの逃避行が始まる――。

井上荒野

祥伝社

四六判文芸書

二〇二三年本屋大賞　翻訳小説部門　第2位!
『アーモンド』の著者が贈る大人の恋愛小説。

プリズム

ソン・ウォンピョン
矢島暁子　訳

この恋が永遠でないことを知っている。
けれど感じることができるのは現在だけだ——。
男女四人の揺れ動く心の移ろいを描いた大人の恋の物語。